万葉集であるく奈良

上野誠
蜂飼耳
馬場基

とんぼの本
新潮社

飛鳥京から藤原京、そして、あおによし平城《なら》の都へ――。

『万葉集』を手にとり、その歌を口ずさめば、古き都に思いを馳せ、新しい都に胸ふくらませる人々の声が聞こえてきます。平城京の誕生から約1300年、遷都の時代を生きた万葉びとの世界を探ります。

万葉集であるく奈良
もくじ

遷都が語る万葉ごころ　解説・上野誠
はじめに◆万葉集と奈良 10
万葉集であるく奈良全図…15
万葉びとのふるさと、飛鳥京 16
年表…29　地図ガイド…30
はじめての巨大都市、藤原京 38
年表…59　地図ガイド…60
花ひらく万葉文化、平城京 64
年表…81　地図ガイド…82
時代を彩った万葉歌人
額田王 36
柿本人麻呂 62
大伴旅人・山部赤人・高橋虫麻呂・山上憶良 86
大伴家持 88
大和三山、てくてく巡り 90　文・蜂飼耳
万葉びとという生き方 108　文・馬場基
歌と酒と陰謀と／大喜利はつづくよ／大宮人のアウトドア／男も女も人生いろいろ／宮仕えも大変です／最先端の人工都市
奈良は遠きにありて思うもの
大宰府万葉のこころ 122　文・上野誠

石の都・飛鳥へようこそ

あちこちに大小の石造物がみつかる飛鳥。都市水路や噴水など水に関わる遺構もあれば、宗教的なシンボルとして使われたものも。亀がうずくまったようなこちら亀石の用途は謎のママ。

藤原の京は、山々に囲まれて

三輪山山麓より、万葉集にたびたび詠われた大和三山をのぞむ。中央の鳥居のすぐ左奥が耳成山、その左が畝傍山、さらにその隣(手前側)はなだらかな稜線を描く香具山。この三山のちょうど中央に位置するのが藤原京跡だ。三山の背後の山並みは、右端にふたこぶ見えるのが二上山で、南へ葛城山地〜金剛山地がつづく。

青垣の向こうは平城京

万葉びともよく行楽に訪れたという若草山には、おなじみの鹿がたくさんいた。奈良盆地の東端に位置するこちらからは、平城京一帯がのぞめる。万葉びともはなやかなりし都の姿を一望していたであろう。

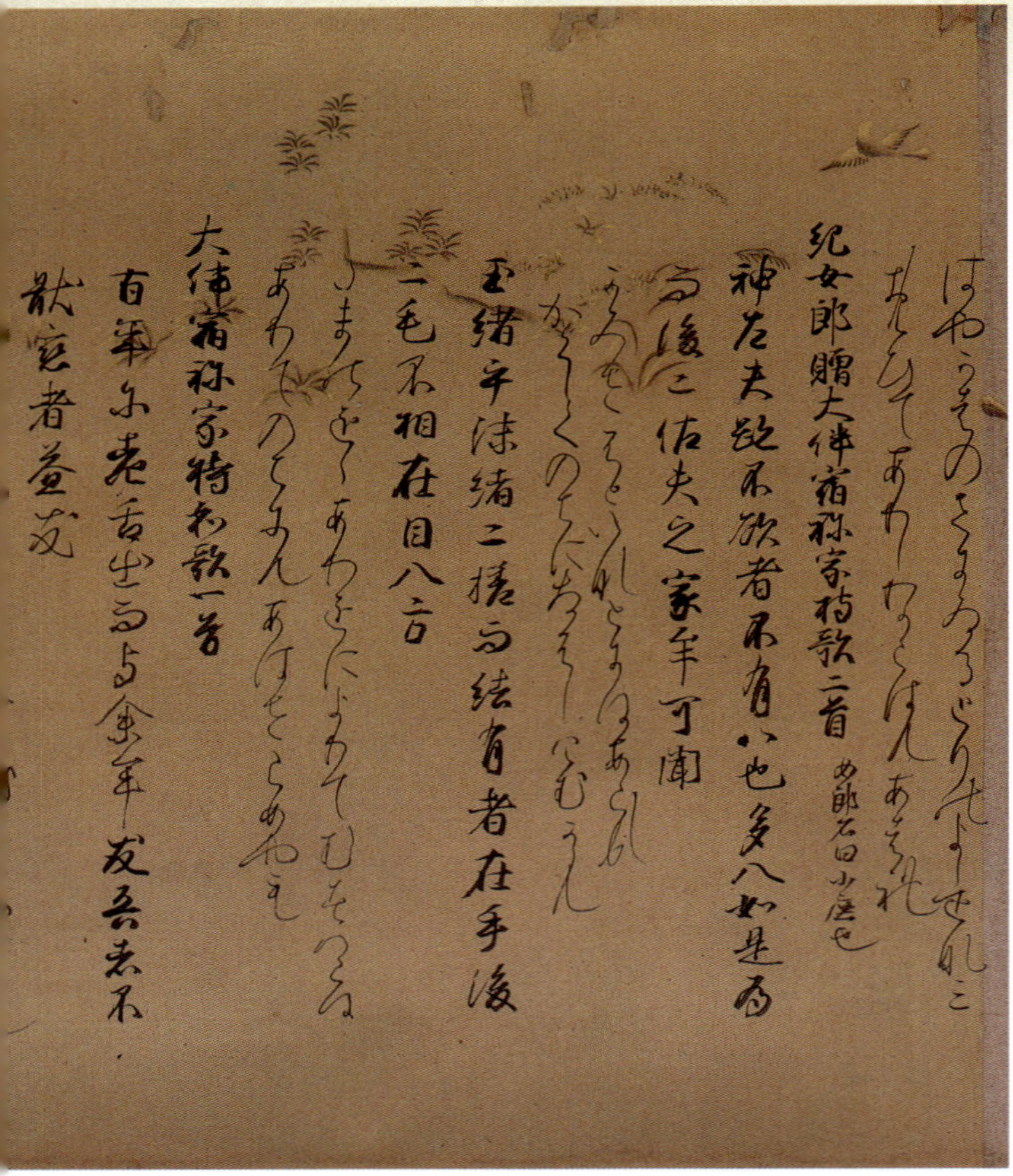

遷都が語る万葉ごころ

はじめに

万葉集と奈良

答える人
上野誠
（79頁までの現代語訳も）

Q　20の巻から成る『万葉集』約4500首のなかで、奈良を詠んだ歌はどのくらいあるのでしょうか?

上野　『万葉集』に登場する地名約1200のうち、大和に関する地名は約300、歌の総数は延べ約900首にのぼります。それらの歌が詠まれた時期は、飛鳥（592～694年）、藤原（694～710年）、平城（710～784年）に都があった192年、つまり政治、経済、文化の中心が奈良盆地にあった時代です。

Q　歌の文化は大和を中心に発達したということでしょうか?

上野　そうですね。ただし、そこには文字が大きく関係しています。そもそも歌自体は都も地方も関係なく詠まれていました。詩歌というのは会話とはまた別の、人類が持っている普遍的なコミュニケーションの方法だからです。同じ歌でもこの歌ならこの歌手で聴きたいと思うように、歌は朗唱することによって、ことばだけでは表せないメッセージを伝えることができる。

歌を作る、歌を歌う、歌を記憶するといった能力は都も地方もかわらないと思

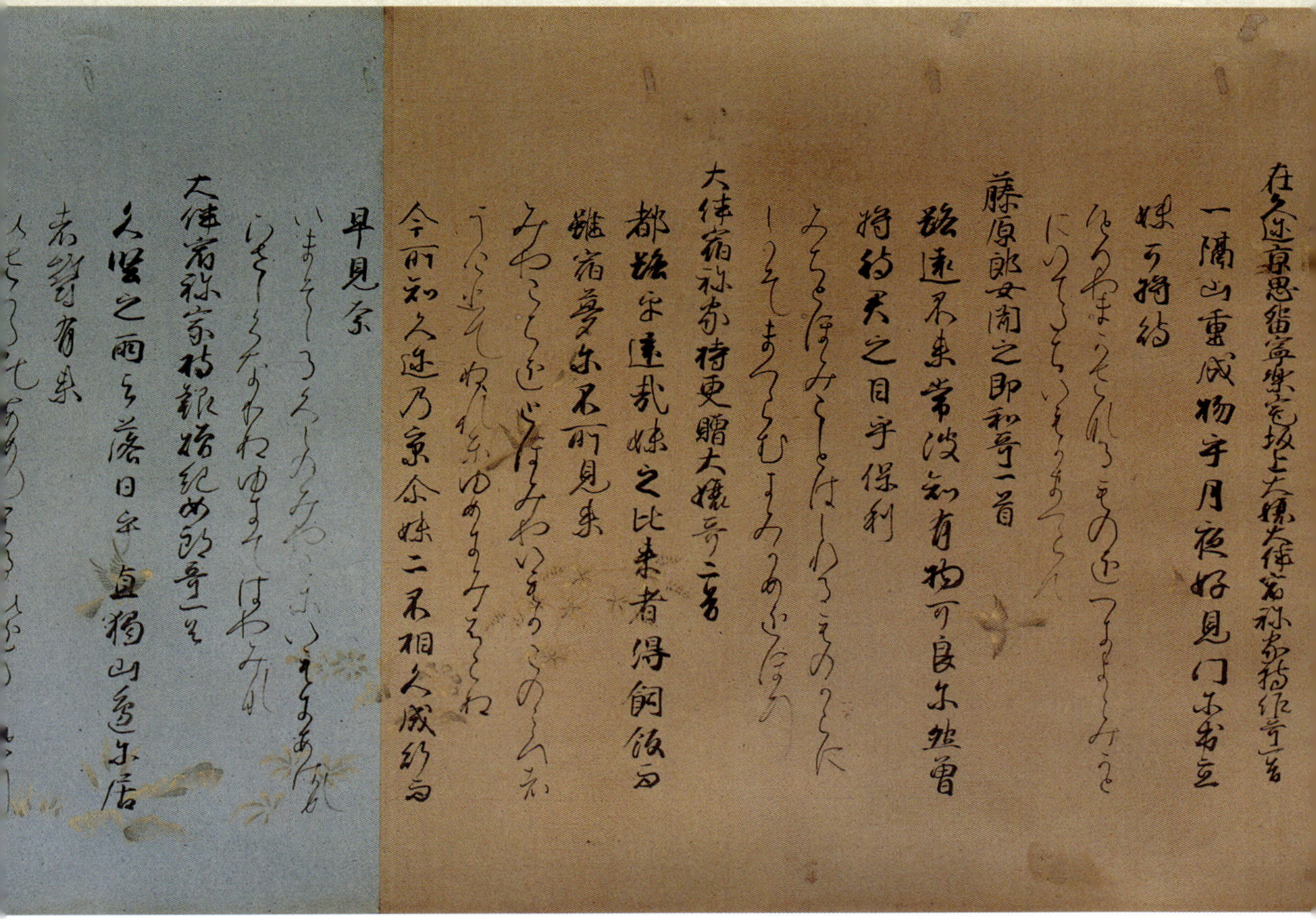

『万葉集』で現存する最古の古写本『桂本万葉集』。平安中期のもので、巻四の約3分の1のみが残る。写真右から4首目には恭仁宮遷都後、大伴家持が平城京に残した妻を思って詠んだ歌が見える。宮内庁蔵

うのですが、歌を〝記す〟段になると、そこに差が出てきます。文字で記すことによって、歌を理解し批評する文化が生まれ、文芸として歌が成熟していくのですが、古代、地方は都にくらべて識字率が圧倒的に低かった。『万葉集』の歌が都のものに集中した理由のひとつです。

Q　仮名が発明される前のことですね。

上野　日本人が中国文で書いても、語尾の「ね」とか「よ」という感情のニュアンスを書きわけることができない。そこで漢字の「音」だけを利用する音仮名という方法が編み出されます。いわゆる万葉仮名です。残念ながら『万葉集』の原本は発見されておらず、現存する最古の『万葉集』は桂本［上］と呼ばれる平安時代中期のものですが、これも巻四の一部がのこっているのみ。いずれにしても、日本人が漢字と出会ったことで、歌を文字としてとどめたいとする欲求が生まれ、奈良時代の後半、『万葉集』が編まれる契機のひとつになったことは間違いありません。

Q　ところで平城京遷都から1300年以上経ちますが、それ以前から都は頻繁

に動いていましたね。

上野　都というのは「宮」と、場所を表す接尾語「こ」がひとつになったものと考えられます。「宮」は何かというと、「や」は「屋」、すなわち建物で、「み」は接頭語「御」と考えると、神様や天皇がいる宮殿ということになります。つまり都とは、宮とその周辺の役所やお寺、外交使節を歓待する迎賓館や庭園がある空間をいうのです。

都の中心が「宮」であるということは、天皇が移動すれば都は簡単に移動するということを意味します。だから天皇が旅をすればその旅先も都になる。大事なのは場所ではなく、天皇がそこにいるかいないか。たとえばある長歌で、柿本人麻《かきのもとのひとま》呂《ろ》が吉野を「滝のみやこ」と言っているのはそのためです。

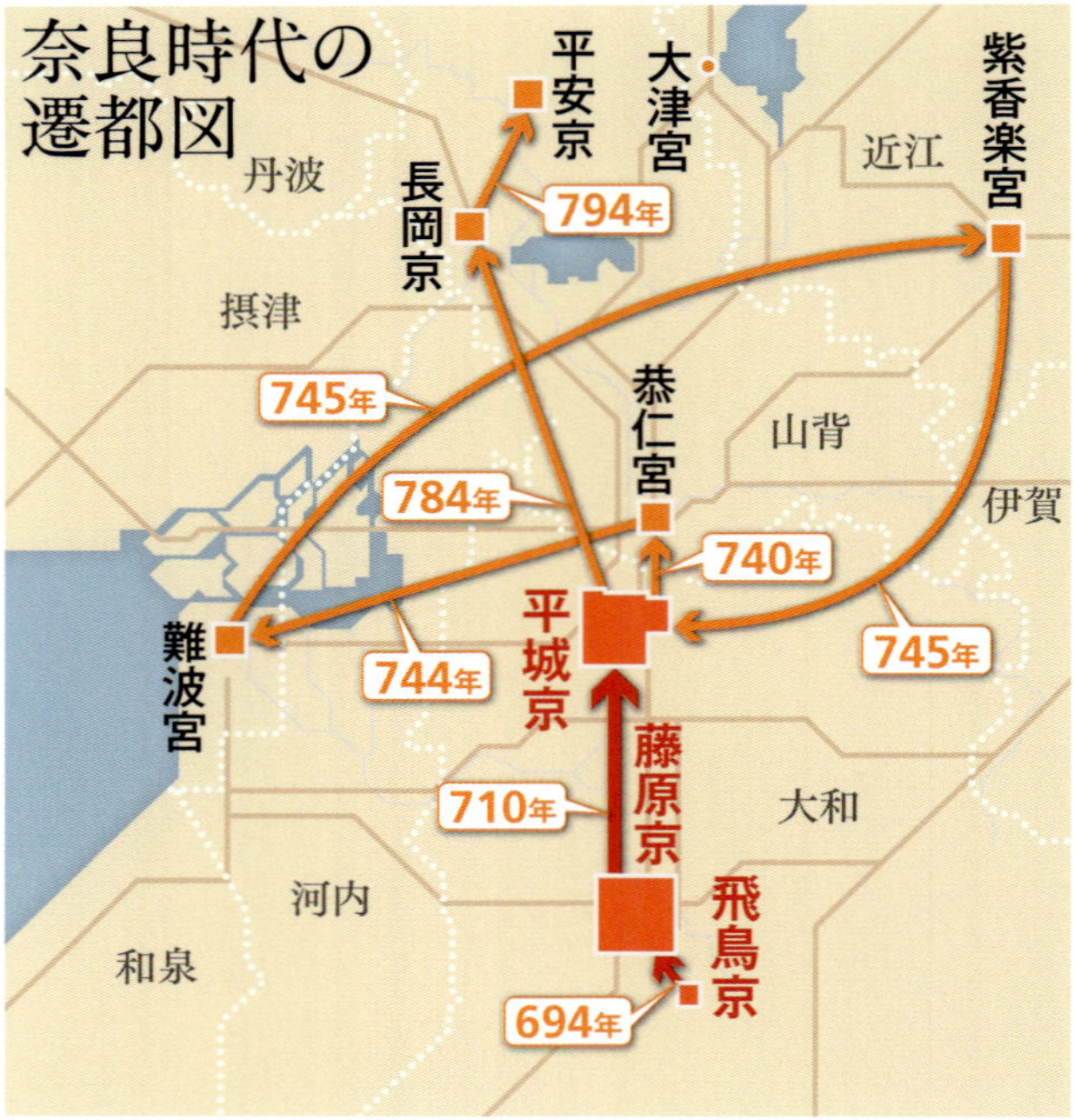

万葉集の歌がつくられた時代、都は頻繁に移動し、北へ北へと遷っていった。

Q　なぜ都を遷すのでしょうか？

上野　遷都は現代でいうと内閣総理大臣の衆議院解散権のようなものだと思うんです。うまくいけば内閣は求心力を持つけれど、時機を間違えると求心力は急速に低下する。だからその時どきの最高の政治的判断でなされるわけですが、遷都も同じで、うまくいけば天皇に対する求心力が高まるし、失敗すればその逆のことがおこる。ただ、遷都を決めるのは天皇だけが持っている大権なので、極端な話、遷都の理由はその場所に行きたいからというだけでもいいんですよ。左頁の柿本人麻呂の歌（巻一の二九）は天智《てんじ》天皇が飛鳥を離れて営んだ大津宮（667〜672年）のその後の荒廃を嘆いたもので、このなかに「どうして鄙びた近江なんかに都を遷したのか」というくだりがありますね。これをね、天武天皇系統から天智天皇へ向けられた批判と見る説もあるんですが、私はそうは思いません。遷都は天皇以外の人間に思いはかれることではないと言っているのだと思います。

Q　2010年には、平城宮跡に第一次大極殿《だいごくでん》が復元されました［14頁］。

玉だすき　畝傍《うねび》の山の
橿原《かしはら》の　聖《ひじり》の御代ゆ
生《あ》れましし　神のことごと
つがの木の　いや継ぎ継ぎに
天《あめ》の下　知らしめししを
天《そら》にみつ　大和を置きて
あをによし　奈良山を越え
いかさまに　思ほしめせか
天離《あまざか》る　鄙《ひな》にはあれど
石走《いはばし》る　近江の国の
楽浪《ささなみ》の　大津の宮に
天の下　知らしめしけむ
天皇《すめろき》の　神の尊《みこと》の
大宮は　ここと聞けども
大殿は　ここと言へども
春草の　繁く生ひたる
霞立ち　春日《はるひ》の霧《き》れる
ももしきの　大宮所
見れば悲しも

柿本人麻呂 ❀ 巻一の二九

（玉だすき）畝傍の山
（かの地に）橿原の　日の御子（＝神武天皇）の御代以来……
神としてお生まれになった　日の御子のことごとくは
つがの木ではないけれど　次々に
大和において天の下を　治められ
（天にみつ）その大和を置いて
（あをによし）奈良山を越え
いったいどう　思われたのか
天から離れた　辺境の地ではあるけれども
（石走る）近江の国の
（楽浪の）大津の宮で
天の下を　お治めになったのであろうか
その天皇の　神の命の
――かの大きなる宮は　ここだと聞くのだけれど
――かの大きなる御殿は　ここだと言うのだけれど
春草が　生い茂っている
霞立ち　春の日が霞んでいる
（ももしきの）大宮のこのあとを
見ると……悲しい

2010年、平城京遷都1300年を記念して
復元された平城宮大極殿。

上野　大極殿というのは今なら国会議事堂なんですよ。私はよく学生たちに、『万葉集』の勉強をしたければ、奈良と同じくらい東京を歩きなさいと言うんです。国会議事堂をご覧なさいと。日本にあんな石造りの建物があったかと思うくらい立派な建物で、場所もいいんだよと。東京を見た目で平城宮跡、あるいは飛鳥や藤原宮跡を見ると、都の規模の違いや似ているところが実感としてわかる。東京駅から皇居の丸の内に向かう道は直線になっているでしょう。東京駅から直線で皇居に参内できる。翻って、平城京時代、外国使節はまず羅城門に来て、飾り立てられた馬で歓迎を受けて、まっすぐ伸びる幅約74メートルの朱雀大路を通り、宮の入口・朱雀門から大極殿に入りました。つまり近代の日本が作り出した都の風景と、8世紀の人々が国家の威信をかけて演出した風景というのはおんなじなんです。そういうことを実感するということが、『万葉集』を道しるべに奈良を歩くということではないでしょうか。
　それではまずは万葉のふるさと、飛鳥の都へとご案内しましょう。

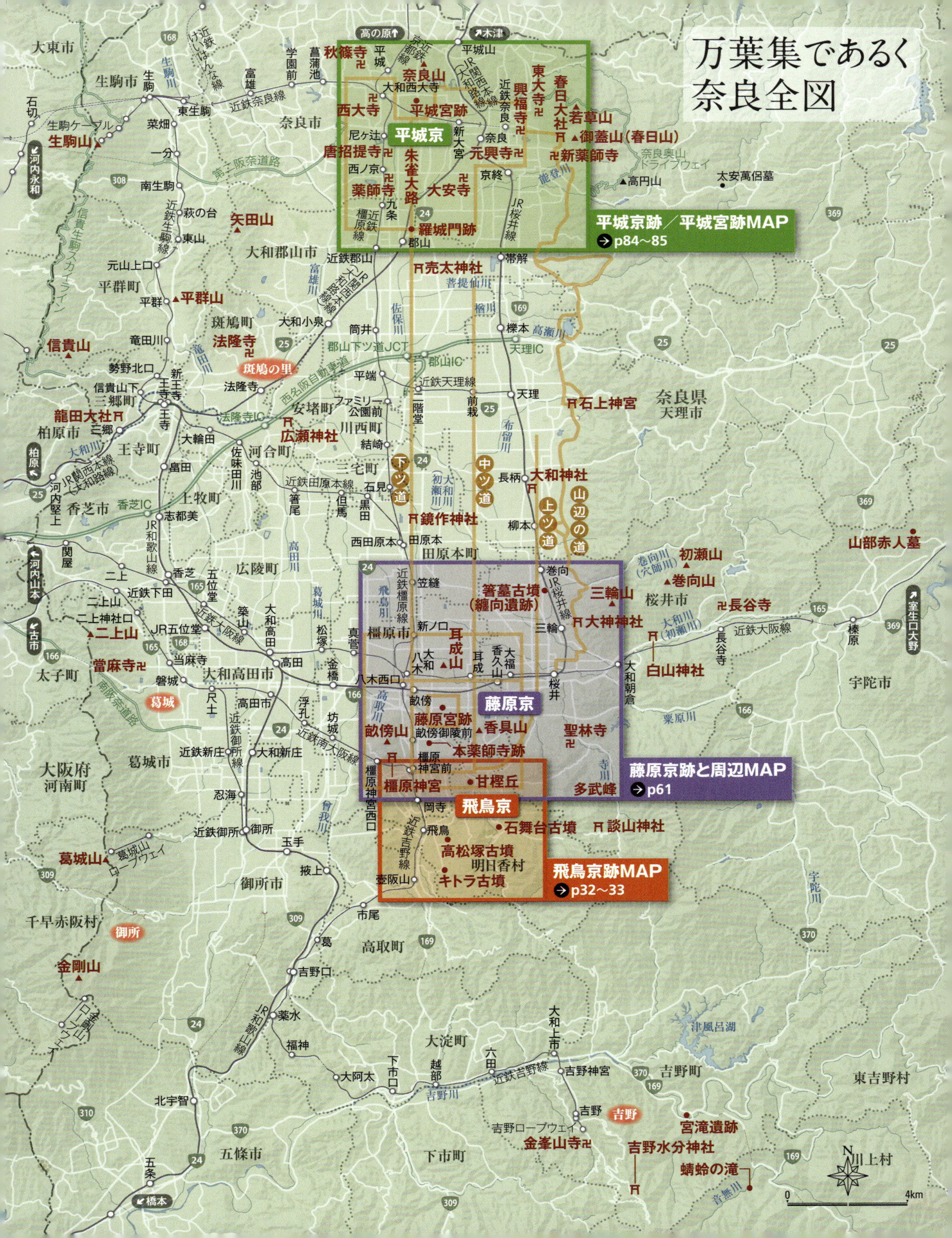

万葉集であるく奈良全図
平城京
平城京跡／平城宮跡MAP
p84〜85
藤原京
藤原京跡と周辺MAP
p61
飛鳥京
飛鳥京跡MAP
p32〜33
秋篠寺
奈良山
平城宮跡
西大寺
唐招提寺
薬師寺
朱雀大路
大安寺
羅城門跡
興福寺
東大寺
春日大社
若草山
御蓋山（春日山）
元興寺
新薬師寺
生駒山
矢田山
平群山
信貴山
法隆寺
斑鳩の里
龍田大社
広瀬神社
売太神社
石上神宮
大和神社
鏡作神社
下ツ道
中ツ道
上ツ道
山辺の道
箸墓古墳（纒向遺跡）
三輪山
大神神社
初瀬山
巻向山
長谷寺
白山神社
山部赤人墓
耳成山
畝傍山
藤原宮跡
香具山
本薬師寺跡
聖林寺
多武峰
橿原神宮
甘樫丘
石舞台古墳
談山神社
高松塚古墳
キトラ古墳
二上山
当麻寺
葛城山
金剛山
金峯山寺
宮滝遺跡
吉野水分神社
蜻蛉の滝
奈良市
大和郡山市
天理市
桜井市
橿原市
大和高田市
香芝市
葛城市
御所市
五條市
宇陀市
奈良県
大阪府
吉野
葛城
御所
斑鳩町
明日香村
吉野町
大淀町
下市町
高取町
川上村
東吉野村
千早赤阪村
近鉄奈良線
近鉄大阪線
近鉄吉野線
JR桜井線
JR和歌山線
JR関西本線（大和路線）
西名阪自動車道
第二阪奈道路
南阪奈道路
奈良奥山ドライブウェイ
高円山
太安萬侶墓
津風呂湖
吉野ロープウェイ
葛城山ロープウェイ
飛鳥川
大和川
佐保川
初瀬川
N
0
4km

飛鳥川上流・稲淵に広がる棚田。万葉の時代から変わらぬ光景だ

万葉びとのふるさと、飛鳥京

終末期古墳と呼ばれる、小型の古墳が点在する飛鳥。なかでも1972年、明日香村で発掘された高松塚古墳は、石室の壁画で名高い。こちらは西壁面に描かれていた「女子群像」。当時の唐様文化を伝える。国(文部科学省所管)　写真提供：奈良文化財研究所

飛鳥宮跡（伝飛鳥板蓋宮跡）。石敷き広場の中央に見えるのは復元された大井戸。

飛鳥宮跡

采女《うねめ》の
袖吹き返す
明日香風
京《みやこ》を遠み
いたづらに吹く

（宮仕えする女たち＝）采女の
袖を吹き返していた
明日香風――（今となっては）
都が遠のいたので
ただむなしく吹いているだけ……

志貴皇子《しきのみこ》 巻一の五一

高光る
我が日の皇子の
万《よろづ》代《よ》に
国知らさまし
島の宮はも

高く天に輝く
わが主君・日の皇子（＝草壁皇子）——
その日の皇子が永遠に
国を治められるはずであった
この島の宮で——　（しかし、主君は今は……）

草壁皇子の舎人等《とねりども》　巻二の一七一

石舞台古墳

蘇我馬子の墓とされる石舞台古墳。近くには
馬子や草壁皇子の邸宅があったという。

稲淵

飛ぶ鳥の
明日香の里を
置きて去《い》なば
君があたりは
見えずかもあらむ

（飛ぶ鳥の）
明日香の里を
置き去りにして行ったなら……
あなたのいる辺りは
見えなくなりはしまいか
（思い出の地は遠くなるばかり）——

元明天皇　巻一の七八

稲淵にて。早咲きの菜の花に囲まれる上野誠氏。
6月の田植えの時期を迎えると、一帯は青々とした棚田風景にかわる。

年月も
いまだ経なくに
明日香川
瀬々《ぜぜ》ゆ渡しし
石橋もなし

年月も
いまだ経っていないのに――
明日香川の
浅瀬に渡しておいた
飛び石は……今はもうない

作者不記載歌 巻七の一一二六

飛鳥川は「ふるさと」飛鳥を代表する川だ。
多くの万葉びとが、この川に思いを寄せて
歌を詠んだ。

飛鳥川

飛鳥、はじめの一歩

Q　あの蘇我入鹿が暗殺された伝飛鳥板《あすかいた》蓋宮《ぶきのみや》跡［18〜19頁］にやってきました。

上野　飛鳥に最初に造られた宮は、592年の推古天皇の飛鳥豊浦宮《とゆらのみや》です。以降694年に持統天皇が藤原に都を遷すまでの102年間、宮はほぼ飛鳥内を転々とすることになるのですが、なかでもここ伝飛鳥板蓋宮跡には、舒明《じょめい》天皇の飛鳥岡本宮《おかもとのみや》、皇極《こうぎょく》天皇の飛鳥板蓋宮、斉明《さいめい》天皇の後飛鳥岡本宮、天武・持統天皇の飛鳥浄御原宮《きよみはらのみや》などが営まれたと推定され、102年間を通じて、飛鳥の中核をなす場所だったと考えられています。

Q　近くに歌碑がありましたが、〈采女《うねめ》の　袖吹き返す　明日香風　京《みやこ》を遠み　いたづらに吹く〉（巻一の五一）［19頁］という歌は、どういう意味でしょう？

上野　天智天皇の子であった志貴皇子《しきのみこ》が、旧都となった飛鳥で詠んだものですね。昔ここには宮仕えする美しい女性がたくさんいて、風が吹くとその袖が膨らんで、こんなに華やかなところはなかった。でも都が遠くなってしまったので、今は風だけが吹いている——という意味です。

Q　板蓋宮は発掘された井戸と広場のあたりが復元されているだけですが、ここで見るべきものは何でしょうか？

上野　まず板蓋宮跡に立ったら北を向いて、香具山《かぐやま》、畝傍山《うねびやま》、耳成山《みみなしやま》、いわゆる大和三山がどこに見えるかということを確認してください。藤原宮はこの三山のど真ん中にあるのですが、ここからは畝傍山は見えないですね。左前方に香具山が大きく見え、さらにその後方に耳成山が小さく見える。場所を確認したら、つぎに香具山に向かって歩いてみましょう。実は20分も進めば藤原京なんです。そこでふたたび板蓋宮跡に戻って、先ほどの志貴皇子の歌を思い出してみてください。すると〈遠み〉とは、決して物理的な距離のことを言っているのではないことがわかります。志貴皇子はこの歌で、100年のあいだ都があった飛鳥の時代が遠のいてしまった、その空虚なこころの距離を歌っているのです。それは現代の私たちで言うと、たとえば、廃校になった母校に立って、かつてそこにいた自分を想像して、勉強もしたし運動会もした、みんなで大きな声を上げて遊んだなというようなことを思うのと同じじゃないでしょうか。そんな思いが重なり合ったときに、おそらく本当にこの歌を理解したといえるのだと思います。

Q　飛鳥というと山や川など自然を詠んだ歌が多い印象があるのですが。

上野　たしかに飛鳥の歌には、自然に寄せた懐郷の思いを詠んだものが多い。ただし、飛鳥だって都があったときには最新の外国文化を採り入れた、華やかな宮廷世界が繰り広げられていたんです。街には朱塗りの立派な寺院や貴族の邸宅が建ちならび、庭園には石人像［左頁］や須弥山石《しゅみせんせき》のようなハイテク技術を駆使した噴水が置かれていた。いまで言うなら東京の高層ビル街かなにかでしょう。時代が流れ、それが『万葉集』のなかでは、飛鳥は美しい花や紅葉に彩られ、清らかな川が力強く流れる自然豊かな場所として人々のあいだに記憶されていく。天皇をはじめとして、万葉の人々にとって飛鳥は帰るべき「ふるさと」だったのです。

Q　なるほど。では「ふるさと」らしい飛鳥を見るには、どのあたりに行くのがいいでしょうか？

上野　おすすめは飛鳥から吉野へ抜ける途中にある稲淵［16／22／28頁］ですね。せまい谷のなかに飛鳥川が流れ、斜面には棚田が広がっています。

〈年月も　いまだ経なくに　明日香川　瀬々《せぜ》ゆ渡しし　石橋もなし〉（巻七の一一二六）［24頁］は、都が遷ってさほど年月も経っていないのに、橋の代わりに渡しておいた石がなくなってしまったと嘆く歌。〈君により　言《こと》の繁きを　故郷の明日香の川に　みそぎしに行く〉（巻四の六二六）、これなんかも面白いですね。恋の噂を立てられた女性が、ほとぼりが冷めるまで故郷の飛鳥にひっこんでるわ、と言う歌で、いまでも芸能人なんかではありそうな話です。

Q　宮や自然のほかに、飛鳥で詠まれた場所はありますか？

上野　有名な石舞台古墳［20〜21／34〜35頁］の近くにある島庄《しまのしょう》遺跡の地を詠ん

この風変わりな噴水は、石神遺跡から出土した石人像。杯を傾ける男に女が寄り添い、その杯と女の口から水が吹き出す仕掛け。これは奈良文化財研究所飛鳥資料館の前庭に置かれたレプリカで、本物は館内にある。

だ歌があります。ここは天武天皇と皇后（持統天皇）の子で、皇太子だった草壁皇子の邸宅があった場所です。草壁皇子は奈良時代には文武天皇、聖武《しょうむ》天皇につながる皇祖として、仰ぎ見られる存在でした。皇子は即位前に亡くなってしまうのですが、『万葉集』には、皇子の死を悼む挽歌が27首も収められています。〈高光る　我が日の皇子の　万代《よろづよ》に　国知らさまし　島の宮はも〉（巻二の一七一）［20頁］もそのひとつ。ここに詠まれた〈島の宮〉が島庄遺跡です。もとは蘇我馬子の屋敷でした。馬子の墓ともいわれる石舞台古墳は東側の高台にあり、ここからは飛鳥の集落を見下ろすことができる。中大兄皇子《なかのおおえのおうじ》（天智天皇）の邸宅も近くにあったといいますから、ここからの景色は時の権力者が見た風景ということになります。

真冬の稲淵の棚田。四季折々、いつ訪れても郷愁を感じさせる美しい風景だ。

Q　草壁皇子の妻だった元明天皇が平城京に都を遷すのですよね？　とすると、平城京遷都の際、元明天皇が詠んだ〈飛ぶ鳥の　明日香の里を　置きて去《い》なば　君があたりは　見えずかもあらむ〉（巻一の七八）［23頁］の〈君があたり〉も、皇子と暮らした島の宮を指すと考えていいのでしょうか？

上野　その答えはイエスでもあり、ノーでもあります。島の宮を指すとか、皇子の墓があるといわれる真弓の岡を指すとか、いくつか説があるのですが、私は「あなたと私が一緒に過ごしたあたり」くらいにゆるやかに解釈すればいいのではないかと思います。近代万葉学は物事をなるべく具体的に明らかにしようとする傾向にあるのですが、あえて特定しないことに意味があると考えることもできると思うんですよね。この歌の場合も、詠んだ人の気持ちになれば、〈君があたり〉には吉野、藤原宮周辺だって含まれるかもしれない。

それではこのへんで飛鳥のつぎの都、藤原京へと移ることにしましょう。

飛鳥京の時代

552	欽明13	仏教公伝。
592	崇峻5	推古天皇、即位(628年没)。**飛鳥豊浦宮に遷る。**
593	推古1	聖徳太子、摂政となる。
596	推古4	飛鳥寺(法興寺)完成。
603	推古11	**飛鳥小墾田宮に遷る。**聖徳太子、冠位十二階を制定。
604	推古12	聖徳太子、十七条憲法を制定。
607	推古15	小野妹子らを遣隋使として派遣する。
622	推古30	聖徳太子、斑鳩宮で没。
626	推古34	蘇我馬子、没。
629	舒明1	舒明天皇、即位(641年没)。
630	舒明2	**飛鳥岡本宮に遷る。**最初の遣唐使を派遣。
636	舒明8	飛鳥岡本宮が火災、**飛鳥田中宮に遷る。**
642	皇極1	皇極天皇、即位。**飛鳥小墾田宮に遷る。**
643	皇極2	**飛鳥板蓋宮に遷る。**山背大兄王の一族、斑鳩寺で自殺。
645	大化1	中大兄皇子ら、蘇我入鹿を暗殺。大化の改新。皇極天皇譲位し、孝徳天皇、即位。
651	白雉2	**難波長柄豊碕宮に遷る**(今の大阪市)。
653	白雉4	中大兄皇子ら、飛鳥河辺行宮に帰る。
654	白雉5	孝徳天皇、難波宮で没。
655	斉明1	皇極女帝重祚し、斉明天皇に。飛鳥板蓋宮焼亡、**飛鳥川原宮に遷る。**
656	斉明2	**後飛鳥岡本宮に遷る。**両槻宮・吉野宮を造営。
658	斉明4	有間皇子、処刑される。
661	斉明7	斉明天皇、筑紫で没。中大兄皇子、称制(即位せずに執政。668年即位、天智天皇に)。
662	天智1	草壁(日並)皇子、誕生。
663	天智2	白村江の戦いで唐・新羅連合軍に大敗。
667	天智6	**近江の大津宮に遷る**(今の大津市)。
671	天智10	大海人皇子、吉野へ。天智天皇、没。
672	天武1	壬申の乱。大海人皇子、大友皇子を破り、天武天皇に(673年即位)。**飛鳥浄御原宮に遷る。**
680	天武9	国の官寺を定める。薬師寺(本薬師寺)発願。
686	朱鳥1	天武天皇、没。鸕野讃良皇女、称制(690年即位、持統天皇に)。
689	持統3	飛鳥浄御原令制定。草壁皇子、没。

万葉集であるく飛鳥京

❸

❶

❽

❼

❺

水と石の都

いまはのどかな田園風景が広がる飛鳥地域だが、旧都の遺構はそこかしこに息づいている。同地でまず目指したいのは**石舞台古墳**❶。蘇我馬子の墓といわれるこちらは高台となっており、旧飛鳥京を一望できる。時の権力者たちもここから都を見下ろしていたことだろう。すぐそばには馬子の邸宅跡・**島庄遺跡**❷もある（現在は地中に埋め戻されている）。蘇我氏が滅びた後は、天皇に準じる者の邸宅として使用され、天武・持統天皇の一人息子・草壁皇子（日並皇子）が暮らした「島の宮」もここにあったと推定される。歴代の皇宮が置かれた**飛鳥宮跡**❸は、飛鳥板蓋宮だけでなく、飛鳥岡本宮（舒明天皇）や、飛鳥浄御原宮（天武・持統両天皇）など、複数の宮が異なる地層に眠っているという。その北西にある**飛鳥京跡苑池遺構**❹は1999年に発掘された庭園の池跡。位置関係からしても、宮殿と密接な関係にあった苑池であったと考えられる。近くには日本初の水時計・漏刻台跡の**水落遺跡**❺、庭園施設の須弥山石や石人像が出土した**石神遺跡**❻も発掘されている。馬子の邸宅しかり、飛鳥時代、庭園は古墳に代わって王や貴族の政治的、文化的、経済的な力を示すものとなり、『万葉歌』を生み出す重要な装置の一つともなった。謎の石造物・**酒船石**《さかふねいし》❼も水を用いた庭園施設の一部、近くの**亀形石造物**❽は天皇祭祀にかかわる遺構ではないかと推定される。奈良県立万葉文化館の敷地内にある**飛鳥池工房遺跡**❾は、飛鳥の宮殿や諸寺院のために、金属製品やガラス製品を供給していたいわば官営工場で、日本初の鋳造貨幣・富本銭も出土した。宮跡周辺の遺跡を見終えたら**甘樫丘**❿でもう一度飛鳥京を一望することもお忘れなく。

小さな古墳

石舞台古墳で石室を見たら、**高松塚古墳**⑪やキ**トラ古墳**⑫も見てまわろう。それぞれ併設の施設では実物ないし、復元模写の石室壁画を目にすることができる。その絵柄からは、当時の国際色豊かな宮廷文化が伝わってくる。一帯は国立公園として整備され、ほかにも**欽明**⑬、**天武・持統**⑭、**文武**⑮などの天皇陵や**マルコ山**⑯、**中尾山**⑰などの小規模な終末期古墳がのこる。古道・山辺の道に点在する3～4世紀の巨大古墳、たとえば箸墓《はしはか》や崇《す》神《じん》天皇陵と比べ、飛鳥の7～8世紀に建てられたこれら終末期古墳を見ると、その規模の小ささに、古墳文化の趨勢が実感できるだろう。

⑪

⑫

日本最古の寺社

仏教文化が一気に花開いた地・飛鳥では、古寺も見所の一つだ。聖徳太子生誕の地かつ太子建立七大寺の一つとされる**橘寺**⑱の境内には、善悪二つの顔を持つ二面石が置かれる。**川原寺跡**⑲は、斉明天皇の宮跡に子の天智天皇が建立した寺の跡で、いまは礎石や塔跡と中金堂跡に建つ弘福寺《ぐふくじ》がその面影を伝えるのみだが、かつては壮大な伽藍を誇ったという。蘇我氏の氏寺でわが国初の本格的寺院、**飛鳥寺**⑳の堂内には日本最古の大仏が坐し、境内の向こうには蘇我入鹿の首塚がのぞく。石舞台古墳の北東に位置する**岡寺**（正式には龍蓋寺）㉑は草壁皇子が育った宮跡に建立されたという縁起を持ち、いまは西国三十三所第七番札所としてにぎわう。

⑱

⑳

⑲

奥飛鳥

石舞台古墳の少し南には、7世紀中ごろに築造された**飛鳥稲淵宮殿跡**㉒がのこり、さらに南下した飛鳥川流域の**稲淵**㉓地区には、古代から変わらぬ棚田の風景が広がる。『万葉集』にたびたび詠まれた**飛鳥川の飛び石**㉔や古からの神事にもちいられる**男綱**㉕もこの辺りだ。さらに奥地へ進んだ栢森《かやのもり》地区の飛鳥川には男綱と対になる**女綱**㉖がかかる。近くには水神を祀る式内小社・**飛鳥《あすかの》川《かわ》上《かみ》坐《にいます》宇《う》須《す》多《た》伎《き》比《ひ》売《めの》命《みこと》神社**㉗や中大兄皇子と中臣鎌足の師である遣隋使・**南淵請安《みなぶちのしょうあん》の墓**㉘も建つ。

㉕

㉖

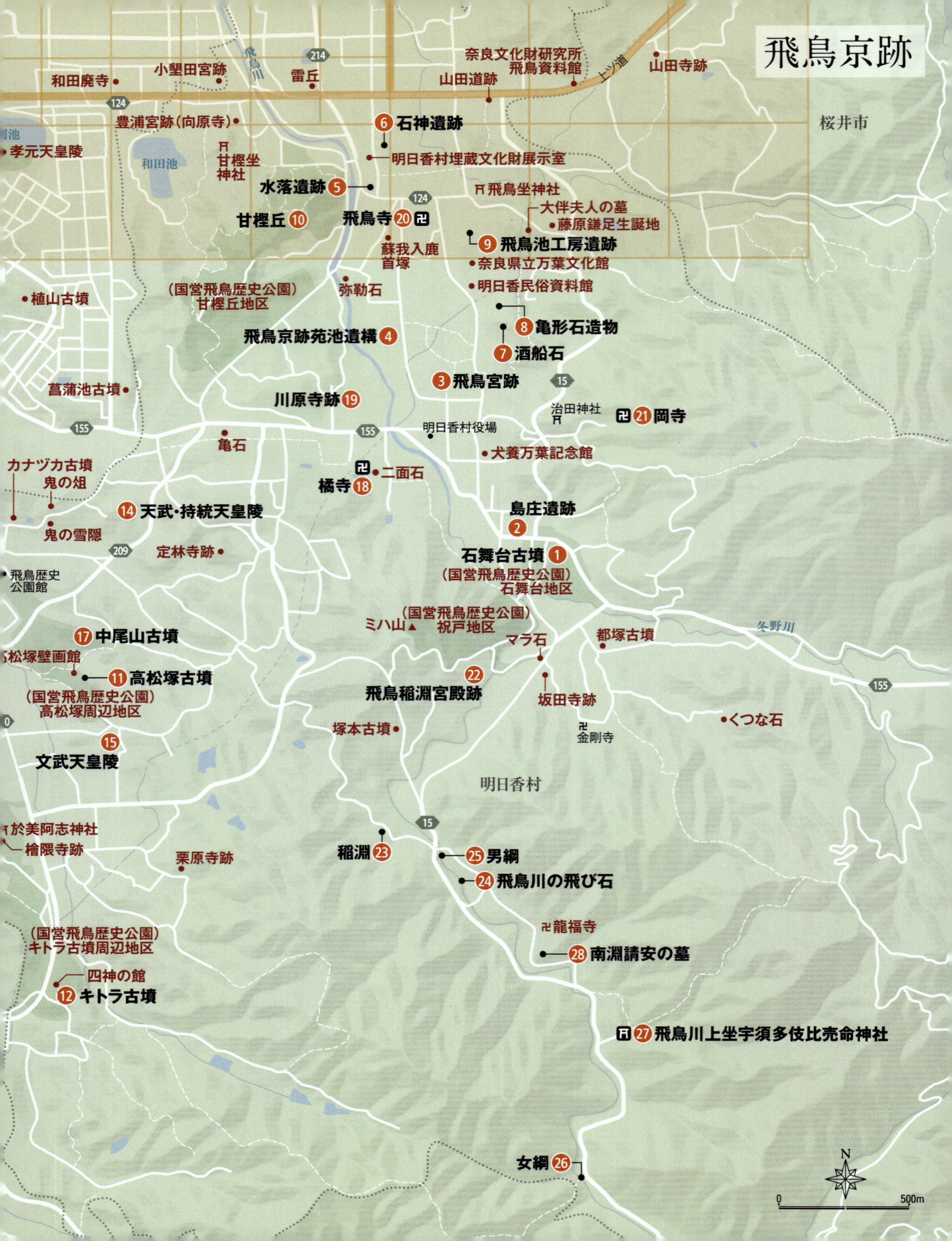

飛鳥京跡
和田廃寺
小墾田宮跡
飛鳥川
214
雷丘
奈良文化財研究所
飛鳥資料館
山田道跡
上ツ道
山田寺跡
124
豊浦宮跡(向原寺)
6 石神遺跡
桜井市
孝元天皇陵
和田池
甘樫坐神社
明日香村埋蔵文化財展示室
水落遺跡 5
飛鳥坐神社
甘樫丘 10
飛鳥寺 20
大伴夫人の墓
藤原鎌足生誕地
蘇我入鹿首塚
9 飛鳥池工房遺跡
奈良県立万葉文化館
植山古墳
(国営飛鳥歴史公園)甘樫丘地区
弥勒石
明日香民俗資料館
8 亀形石造物
飛鳥京跡苑池遺構 4
7 酒船石
3 飛鳥宮跡
15
菖蒲池古墳
川原寺跡 19
治田神社
21 岡寺
155
明日香村役場
亀石
犬養万葉記念館
カナヅカ古墳
鬼の俎
二面石
橘寺 18
14 天武・持統天皇陵
島庄遺跡
2
鬼の雪隠
209
定林寺跡
石舞台古墳 1
飛鳥歴史公園館
(国営飛鳥歴史公園)石舞台地区
(国営飛鳥歴史公園)祝戸地区
ミハ山
冬野川
17 中尾山古墳
都塚古墳
マラ石
高松塚壁画館
11 高松塚古墳
22
飛鳥稲淵宮殿跡
坂田寺跡
(国営飛鳥歴史公園)高松塚周辺地区
くつな石
塚本古墳
金剛寺
15
文武天皇陵
明日香村
於美阿志神社
檜隈寺跡
栗原寺跡
稲淵 23
25 男綱
24 飛鳥川の飛び石
龍福寺
28 南淵請安の墓
(国営飛鳥歴史公園)キトラ古墳周辺地区
四神の館
12 キトラ古墳
27 飛鳥川上坐宇須多伎比売命神社
女綱 26
N
0
500m

益田岩船

飛鳥坐神社の磐座

高取城跡の猿石

吉備姫王墓の猿石

鬼の俎

鬼の雪隠

謎の石造物が点在する飛鳥。

南東の方角から石舞台古墳と
明日香の村を見下ろす。

安田靫彦《飛鳥の春の額田王》1964年
紙本著色 131・1×80・2㎝ 滋賀県立近代美術館蔵

時代を彩った万葉歌人

額田王

日本最初の宮廷歌人

［解説］**上野誠**

『万葉集』の中に登場する歌人たちを時代順にたどってみると、雄略天皇などの伝承歌は別として、実作者が分かっている舒明《じょめい》天皇の時代以降の約130年間を、大きく4つに分けることができます。その第1期の代表的歌人といえば、やはりなんといっても額田王《ぬかたのおおきみ》でしょう。

額田王は都が飛鳥にあった7世紀後半に活躍した女性歌人です。しかし、その出自は謎に包まれています。正確な生没年も不明で、『万葉集』に収録されている歌も12首と少ない。『日本書紀』天武天皇2年（673）の条には、額田王は鏡王《かがみのおおきみ》の娘で、天武天皇の妻になり、十市皇女《とおちのひめみこ》を産んだとありますが、実はこの記述が彼女を伝える唯一の史料で、父の鏡王がどんな人物なのかもよくわかっていません。つまり、現状では額田王の一生をたどることはなかなか難しいのです。しかしそれでも、彼女が万葉歌人の中で重要な位置を占めると考えられているのは、時の権力のまさにど真ん中にいて、格調高い歌を詠んだからに他なりません。

この額田王を語るうえで、重要な点がふたつあります。ひとつは中大兄皇子《なかのおおえのおうじ》（天智《てんじ》天皇）と大海人皇子《おおあまのおうじ》（天智の弟、天武天皇）というふたりの皇子から寵愛されたこと。そしてもうひとつは、そのふたりの皇子の母君である斉明《さいめい》天皇の時代と天智天皇の時代に、歌の才能を認められて宮廷内において公的な地位を持った、いわゆる「宮廷歌人」だったということです。たとえば彼女には有名な〈熟田津《にきたつ》に　船乗《ふなの》りせむと　月待てば　潮《しほ》もかなひぬ　今は漕ぎ出でな〉（巻一の八）という歌がありますが、この歌には、山上憶良《やまのうえのおくら》の『類聚歌林《るいじゅうかりん》』では斉明天皇の歌とする、という異伝が付記されています。白村江《はくそんこう》の戦い（663年）に向かう百済救援軍の士気を鼓舞する内容の歌ですが、確かに額田王の気持ちを歌ったというよりは天皇の言葉と考えたほうが自然ですね。やはり斉明天皇の立場で額田王が歌を作り、斉明天皇の名前で発表されたと思われます。ただし、額田王は現代のようなゴーストライターとは違い、その作者として自分の名前が前面に出るだけの非常に重要な立場にあったと見るべきでしょう。

この歌以外にも、額田王は国家的な行事の節目ごとに、専門歌人として登場しています。天智天皇の葬礼の際には、倭大后《やまとのおおきさき》が妻として天皇の死を悼む（巻二の一五三）のとは対照的に、〈やすみしし　わご大君の……〉（巻二の一五五）という天皇讃歌の常套句を用いて、私人としてではなく、宮廷を代表するかたちで挽歌を詠んでいます。

額田王は今でいえば、例えばオリンピックの開会式やサミットの宴席で歌を披露する、日本を代表する歌手のような存在だったと考えられます。そしておそらく当時、宮廷のハレの場において、こうした特権を彼女は独占していた。その意味で、性別や家柄に関係なく、歌の評価によって地位を得た日本で最初の人物といえるでしょう。もちろんふたりの天皇に愛されたわけですから、美人だったとは思いますが。

はじめての巨大都市、藤原京

1977年、発掘調査中の藤原京の大極殿跡。日本初の条坊制巨大都市跡からは、土器、獣骨、瓦片などが掘り出されたという。現在は42-43頁のように地中に埋め戻されている。写真提供：奈良文化財研究所

やすみしし　我が大君
高照らす　日の皇子
荒たへの　藤原が上に
食《を》す国を　見《め》したまはむと
みあらかは　高知らさむと
神《かむ》ながら　思ほすなへに
天地《あめつち》も　依りてあれこそ
石走《いはばし》る　近江の国の
衣手《ころもで》の　田上山《たなかみやま》の
真木さく　檜《ひ》のつまでを
もののふの　八十《やそ》宇治川に
玉藻なす　浮かべ流せれ
そを取ると　騒《さわ》く御民《みたみ》も
家忘れ　身もたな知らず
鴨じもの　水に浮き居て
我が造る　日の御門《みかど》に
知らぬ国　よし巨勢道《こせぢ》より
我が国は　常世にならむ
図《あや》負へる　奇《くす》しき亀も
新《あら》た代《よ》と　泉の川に
持ち越せる　真木のつまでを
百足《もも》らず　筏に作り
のぼすらむ　いそはく見れば
神《かむ》からならし

（やすみしし）わが大君たる
天を照らす　日の神の御子（＝天皇）が
（荒たへの）藤原の地で
統治する国を　ご覧になろうと
宮殿は　高く高く造らんと
神であらせられるままに　お考えを巡らせば
天の神も地の神も　心を寄せているからこそ
（石走る）近江の国の
（衣手の）田上山の
（真木さく）檜《ひのき》丸太を
（もののふの）八十宇治川に
（玉藻なす）浮べて流す
その丸太を引こうとして　大声を出して働く役民たちも
家のことも忘れ　自らのことをも顧みず
鴨のごとくに　水に浮びながら
——我らが造る　日のごとき朝廷に
他国をも「よしこせ（よし、帰順しなさい）」
という名を負う巨勢道から
わが国は　永遠なる理想郷になるであろう
吉兆を示す模様を背に負った　神秘な亀も
新たな時代を祝福して——泉川に
運び入れた　檜丸太を
（百足らず）筏に組んで
泉川をさかのぼらせてゆく　そのいそしみ働くのを見ると
それは神なる天皇の御意思と感じる

藤原宮の役民　巻一の五〇

藤原宮の建物に使われた瓦当（がとう）。直径約20センチ、持つとずしりと重い。瓦葺きの宮殿は藤原宮がはじめてで、その数なんと200万枚超！　瓦は奈良盆地をはじめ讃岐や淡路などでも焼かれており、遠路、都まで運んだ役民の苦労がしのばれる。奈良文化財研究所蔵

春過ぎて
夏来《きた》るらし
白たへの
衣干したり
天《あめ》の香具山

春が過ぎて
夏が来たらしい！
真っ白な
衣が干してある……
あの天の香具山に――

持統天皇 巻一の二八

犬の散歩をする夫婦、凧揚げに興じる子供たち――。かつて天皇の御座所があった藤原宮も、いまは市民の格好の憩いの場となっている。木々の生い茂るあたりが大極殿跡、中央手前の小高い丘が、天の香具山だ。

藤原宮跡

吉野中千本

よき人の
よしとよく見て
よしと言ひし
吉野よく見よ
よき人よく見

昔の良い人が――
「よし」とよく見て
「よし」と言った
その吉野をよく見なさいよ
今の良い人たちも……よく見なさいよ

天武天皇 ❀ 巻一の二七

吉野といえばやはり桜。しかし、吉野が桜の名所となるのはじつは10世紀の『古今集』以降のこと。残念ながら『万葉集』に吉野の桜の歌はない。写真は吉野の中千本の満開の桜。

見れど飽かぬ
吉野の川の
常滑《とこなめ》の
絶ゆることなく
またかへり見む

見ても見ても見飽きることのない
吉野の川の
そのなめらかなる岩床のように
絶えることなく永遠に
立ちかえって見よう（この吉野の地を）

柿本人麻呂《かきのもとのひとまろ》 ❀ 巻一の三七

吉野川上流にある宮滝遺跡。天武、持統朝に、ここに離宮が営まれたとされる。その後も多くの天皇たちがここを訪れた。

宮滝遺跡

蜻蛉の滝

山高《だか》み
白木綿花《しらゆふばな》に
落ち激《たぎ》つ
滝の河内《かふち》は
見れど飽かぬかも

山が高いので
まるで白木綿花のごとく……
巻き落ちて流れる白き激流——
その渦巻く河内は
見ても見ても見飽きることはない！

笠金村《かさのかなむら》 巻六の九〇九

奥吉野の名所、蜻蛉(せいれい)の滝。
春には辺りに山桜が咲き乱れる風光明媚な場所として知られる。万葉の時代、持統天皇をはじめとした歴代の天皇が近くに離宮を置いて、この地に遊んだ。

三輪山を
然《しか》も隠すか
雲だにも
心あらなも
隠さふべしや

三輪山を――
そんなにも隠してよいものか！
せめて雲だけでも
心があってほしい……
隠したりしてよいものか
（私は一目、三輪山を見て旅立ちたいのだ）

額田王《ぬかたのおほきみ》 巻一の一八

大神神社の末社、久延彦神社にて。境内には三輪山の遥拝所があり、ぽっかりと開いた木立の窓から、三輪山が見える……はずなのだが、まさに歌の通り、雲に隠れて見えません。

久延彦神社

二上山

うつそみの
人なる我《あれ》や
明日よりは
二上山《ふたかみやま》を
弟《いろせ》と我《あ》が見む

現世に生きる
（神ならぬ）人たるわたしは……
明日からは
二上山を
弟として眺めるだけ
（ただわたしにできることは）

大伯皇女《おほくのひめみこ》 巻二の一六五

三輪山の麓あたりから、日没の二上山を望む。この二上山に大津皇子が葬られたという。西麓には、用明天皇、推古天皇、孝徳天皇、聖徳太子の墳墓がある。

徒歩20分の大遷都

Q　ここが日本で最初に条坊制が敷かれた藤原京の宮跡［38〜39／42〜43頁］ですね。

上野　木々が繁った一画が宮の中心、天皇が国家儀式などをおこなった大極殿跡です。条里内は東西南北にまっすぐ道が通り、碁盤の目のように街割《まちわり》がされていました。広さは平城京と同じくらい、一辺が約5・3キロメートルの正方形で、平城京と違い、条里の中央に宮がありました。ですからちょうどここが藤原京の真ん真ん中になるというわけです。

Q　これほどの規模だと、飛鳥からわずか徒歩20分の距離とはいえ、新しい都の造営は大変だったでしょうね。

上野　そうですね。たとえば宮殿の屋根に瓦が使われたのは藤原宮がはじめてなのですが、この瓦も近江や讃岐などでも焼かれ、はるばる運ばれてきたことがわかっています。『万葉集』には藤原宮造営に携わった民衆による新都を讃える歌［40頁］があって、〈家忘れ　身もたな知らず〉、つまり、家のことも忘れて、自分のことも顧みずに働いたとある。しかし、実際は租税代わりに集められた無償の労働者でした。この歌の作者についてはいろいろな説があるものの、私は作者がはっきり記されないところに意味があるのではないかと思っています。讃歌はいわば人々のこころをひとつにするテーマソングみたいなもので、その性質を考えると、特定の誰かの歌とするよりも、みんなの思いが歌われた歌とするほうがよほど効果的だと思うのです。

Q　伝飛鳥板蓋宮跡からは見えなかった畝傍山も、ここからはきれいに見えます。

上野　藤原宮は大和三山、すなわち、香具山、畝傍山、耳成山という3つの山の中央に位置します。いずれもごく小ぶりな山ですが、三山が宮を鎮護するというかたちは、新羅の王都・慶州に倣ったものだと考えられます。

Q　香具山を詠んだ歌に、百人一首にも選ばれた持統天皇の歌がありますね。

上野　〈春過ぎて　夏来るらし　白たへの　衣干したり　天《あめ》の香具山〉（巻一の二八）［42頁］。春が過ぎて夏が来たのだな、香具山に白い布が干してある、という意味ですが、考えてみれば、春が過ぎて夏が来るのはあたりまえだし、季節が変われば衣替えをするのもあたりまえ。ではなぜそんなあたりまえのことを歌うのか。じつは、この歌は遷都を象徴的に歌ったものなのです。

　伝飛鳥板蓋宮跡からは香具山が見えましたよね？　飛鳥から北上して藤原に都を遷すということは、すなわち香具山の麓に行くということを意味しました。そして都が遷れば衣替えの衣を干す山も変わるわけです。飛鳥からそんな香具山をのぞみながら、我々はあの香具山の麓に行くんだぞということを示したのがこの歌なのではないか、そんなふうに思いはじめています。

Q　この歌はまた、季節の移り変わりを詠んだ現存最古の歌といわれていますよね。

上野　天皇のいる大極殿は、新しい季節が真っ先に訪れる場所と考えられていました。これは「大極＝北極星＝宇宙の中心」とする考え方に基づくものです。一方、その大極殿のもっとも近くにある香具山は、『伊予国風土記』逸文が天から降ってきた山と伝えるように、ひとつの国が生まれる「はじまり」の時を強く感じさせる存在でした。つまり持統天皇の香具山の歌は、天皇が、大極殿にいちばん近い、しかも神話的に重要な意味を持つ、香具山の季節の移り変わりを歌うことに意味があると考えられるのです。この歌は一見抒情的なようで、じつは政治的な意味合いを色濃く持っているのではないでしょうか。

Q　香具山は特別な山だった？

上野　そうですね。とくに天武、持統朝

大神神社の杉の大木は、『万葉集』にも歌われた。写真は拝殿近くにある「巳の神杉」。名前の通り蛇が棲む木とされており、酒とともにたくさんの卵が供えられていた。

味酒《うまさけ》を
三輪の祝《はふり》が
斎《いは》ふ杉
手触れし罪か
君に逢ひ難き

（味酒を）
三輪の神主が
大事にしている神木の杉――
その神杉に触れた罪か
あなたに逢うことができないのは？

丹波大女娘子《たにはのおほめのをとめ》　巻四の七一二

においては、宮に近かったことに加え、外来の三山鎮護の思想、陰陽五行説、日本古来の神話といったさまざまな要素が重ね合わされて、香具山を尊ぶ考えが最高潮に達しました。『万葉集』の中で「天の」と修飾される山は香具山だけ。「天」とはすなわち天皇の上空を意味します。ちなみに『万葉集』によく出てくる「天離《あまざか》る」という枕詞は、天皇の御座所から遠く離れていることを言っているのです。

Q　大和で重要な山というと、ほかに三輪山が思い浮かびますが。

上野　ここ藤原宮からも北東の方角に見ることができますね。香具山が飛鳥、藤原を代表する山だとすれば、三輪山は大和全体のシンボル。大和の土地の神様を代表する、いわゆる国つ神なんです。天智天皇の大津遷都の際、額田王《ぬかたのおおきみ》が、「雲よ、三輪山を隠さないで」と詠んだ歌［50頁］からもわかるように、当時の大和の人々が奈良に別れを告げるときにどうしても見たかった山は、三輪山でした。

Q　その三輪山を祀っているのが桜井市にある大神《おおみわ》神社ですね。

上野　『万葉集』には大神神社の杉の神木を詠んだ歌があります（巻四の七一二）［55頁］。「あなたに逢うことができないのは三輪の神聖な杉の木に触れてしまったからだろうか」という意味ですが、樹木崇拝が背後にある歌ですよね。大神神社は山自体が御神体なので、本殿はありません。神社では山や木に向かって、みなさんじつに熱心に拝んでいるんです。若い人も多くて、訪れるたびに、この歌のこころは現代人にもしっかりと受け継がれているのだと感じます。

Q　その三輪山周辺がヤマト王権の出発点と言われていますが。

上野　大雑把に言えば、まあその通りです。ヤマト王権は三輪山の麓の周辺で、御代ごとに宮を転々と移動させながら拡大していきました。おそらく代々の王の神話が集約されて生まれたのが雄略天皇の物語。雄略天皇は国土統一の王である一方、三輪山の麓の王という性格も持っています。そこで思い起こしてほしいのは、『万葉集』巻一の一の歌［左頁］。天皇が春の最初の若菜摘みにお出ましになって、女性を褒めるという歌です。余談ですが、これはまさに古代国家のソフトパワーを示すものです。いまの園遊会や一般参賀みたいなもので、皇室と国民の交流のありかたの原型ともいえるでしょう。

それはともかく、天皇はそこで乙女たちに求婚し、みずからの名を高らかに告げるのです。この歌が『万葉集』の巻頭を飾ったのは、雄略天皇と三輪山というふたつの国家創出の象徴に対する、この時代の人々のノスタルジーのゆえではないでしょうか。

Q　雄略天皇の次の歌は、一気に150年以上とんで、舒明天皇御製です。

上野　香具山に登って国見をする歌ですね。〈大和には　群山《むらやま》あれど　とりよろふ　天の香具山　登り立ち　国見をすれば　国原《くにはら》は　煙《けぶり》立ち立つ　海原《うなはら》は　かまめ立ち立つ　うまし国そ　あきづ島　大和の国は〉（巻一の二）。

じつは万葉の人々にとっての「近代」は、舒明天皇以降のことで、それ以前は「古代」でした。そのことは『古事記』が舒明天皇の一代前、推古天皇の崩御で終わることからもわかります。その意味

籠《こ》もよ　み籠《こ》持ち
ふくしもよ　みぶくし持ち
この岡に　菜摘ます児《こ》
家告《の》らせ　名告《の》らされ
そらみつ　大和の国は
おしなべて　我こそ居れ
しきなべて　我こそいませ
我こそば　告《の》らめ
家をも名をも

籠《かご》も　良いお籠を持って
へらも　良いへらを持って
この岡で　若菜を摘んでいらっしゃるお嬢さん方
家をおっしゃいな　名もおっしゃいな――
（そらみつ）この大和はね
ここごこく　わたしが君臨しているのだよ
すみずみまで　わたしが治めている国なのだよ
（それでは）わたしの方から　告げましょうか
自らの家のことも名前のことも

雄略天皇　巻一の一

白山神社

雄略天皇が営んだ泊瀬朝倉宮に比定されている白山神社には、『万葉集』最初の歌の歌碑が建つ。

朝日が昇る三輪山。手前には大神神社の大鳥居が見える。

三輪山

で、「いま」につながる舒明天皇の歌は、『万葉集』の第二番歌にふさわしいと言えます。ちなみに飛鳥時代を通じて恒常的に宮が営まれていた伝飛鳥板蓋宮跡の場所に、最初に宮を建てたのも、この天皇でした。

Q　その舒明天皇の皇統を受け継いで藤原京遷都の礎を築いたのが天武天皇ですね。

上野　そうですね、天武天皇もまた、新王朝を作った皇祖として崇められていました。天武天皇は、条坊制の都の建造、法令整備、新貨幣鋳造といった平城京時代へとつながる布石をつぎつぎと打ち出しました。

天武天皇、当時は大海人皇子《おおあまのおうじ》ですが、彼は兄の天智天皇から皇位継承を打診されたときに、それを断って吉野へ隠棲します。しかし、出家して恭順の意を表したにもかかわらず天智天皇の子、大友皇子に吉野を封鎖されて、結局は立ち上がらざるを得なくなります。いわゆる壬申の乱です。これに勝利し、即位した天武天皇は同じような内紛が起こるのを恐れて、自分と天智天皇の6人の子供たちを吉野に集めて誓いを立てさせます。有名な六皇子盟約といわれるものですが、これは実質的に鸕野讃良《うののさらら》皇后（持統天皇）の子、草壁皇子を後継者に指名するものでした。そしてその前日に天皇が詠んだ歌が、〈よき人の　よしとよく見て　よしと言ひし　吉野よく見よ　よき人よく見〉（巻一の二七）［45頁］なのです。

Q　呪文のような歌ですね。

上野　よい人がよいと言ったこの吉野をよく見なさいよ、今のよい人たちも、という意味です。吉野をよく見なさい、というのはつまり、いまのおまえたちがあるのは私がこの吉野で兵を挙げたからだぞ、この場所で一族みなもう一度団結しようではないか、ということです。にもかかわらず、子のひとり大津皇子は、天武天皇が亡くなった直後、持統天皇によって謀反を理由に捕らえられ、死を賜ってしまいます。

Q　そのとき姉の大伯皇女《おおくのひめみこ》が詠んだのが〈うつそみの　人なる我《あれ》や　明日よりは　二上山《ふたかみやま》を　弟《いろせ》と我《あ》が見む〉（巻二の一六五）［52頁］ですね。

上野　二上山《にじょうさん》、『万葉集』では「ふたか

古《いにしへ》に ありけむ人も 我がごとか 三輪の檜原《ひばら》に かざし折りけむ

かの昔
かの地に生きし人びとも
われらのごとく
三輪の檜原のこの地にて
枝をかんざしにして遊んだのであろうか？

柿本人麻呂歌集歌 ❀ 巻七の一一一八

みやま」と読みますが、大津皇子はこの山に葬られました。皇子が本当に謀反を起こしたのか、それとも罠にはめられたのかはわかりません。いずれにしても吉野という場所は、壬申の乱によって、天武天皇からはじまる新王朝を象徴する聖地となりました。持統天皇は12年の治世のあいだ、確認できるだけで31回も吉野に行幸しています。

Q　31回！　吉野のどこへ行ったのでしょうか？

上野　宮滝というところで、そこに離宮がありました。岩の多い渓流があり、風光明媚な地ですが、こんなところまで来たのかと思うような奥深い場所です。持統天皇の行幸には柿本人麻呂《かきのもとのひとまろ》が随行しました。いまならお抱えカメラマン、その前ならお抱え画家みたいなものですね。さきほどの〈よき人の〉に呼応するような歌として、〈見れど飽かぬ　吉野の川の　常滑《とこなめ》の　絶ゆることなく　またかへり見む〉（巻一の三七）［46頁］という歌があります。何度見ても見飽きない吉野川の流れのように、絶えることなくまた吉野に帰ってこの地を見ましょうという意味です。奈良時代までつづく天皇の吉野行幸の伝統はここにはじまります。そしてその際は、かならず飛鳥にも立ち寄りました。飛鳥、吉野行幸は天皇にとってみずからの祖先をたどる、お墓参りのようなものだったのです。

藤原京の時代

694	持統8	**藤原京へ遷都。**
697	文武1	持統天皇譲位し、文武天皇、即位。
698	文武2	薬師寺（本薬師寺）完成。
701	大宝1	藤原不比等らにより、大宝律令完成。
702	大宝2	大宝律令発布。山上憶良らを、遣唐使として派遣。
707	慶雲4	文武天皇、没。阿閇皇女が即位（元明天皇）。
708	和銅1	新都（平城京）造営の詔。和同開珎発行。

万葉集であるく藤原京と周辺

律令国家の中心地と大和三山

飛鳥京から北へ20分ほど歩くとそこは、**藤原宮跡**①。いまはだだっ広い野原が広がるだけだが、唐の長安をモデルに日本初の条坊制の都が整備された地だ。『万葉集』にたびたびその姿が詠まれた大和三山——東に**香具山**②、北に**耳成山**③、西に**畝傍山**④も一望できる。眺めるだけでなく実際に登ることもできる大和三山巡りについては、蜂飼耳さんの紀行文［90〜107頁］に詳しい。徒歩では一日がかりになるが、**本薬師寺跡**⑤や**大官大寺跡**⑥、**紀寺跡**⑦など藤原京とゆかりある寺社跡などにも立ち寄りつつ、いまは亡き都の姿に思いをはせよう。

①

⑤

三輪山と大神神社

奈良の人々は都である盆地を囲む山々を青垣山と呼ぶが、東の垣根が**三輪山**⑧、西の垣根が**生駒山**⑨と**二上山**⑩である。こと万葉びとにとって、三輪山は太陽と月が出る山、二上山は落日と月の入りの山であり、数々の歌に詠まれてきた。たとえば藤原宮跡で、大和三山の山頂で、朝日の三輪山と落日の二上山を見るだけでも、古代を実感できるだろう。その三輪山は、ヤマト王朝発祥の地と言われ、大和全体を象徴する地でもあった。同山をご神体とする**大神神社**⑪は、『古事記』『日本書紀』にも記された日本最古の神社の一つで、周辺の**久延彦《くえひこ》神社**⑫や**檜原《ひばら》神社**⑬、**狭井神社**⑭といった摂末社とともに、古の神の坐す〝神奈備《かむなび》〟の空気をいまに伝える。

⑪

藤原京跡と周辺

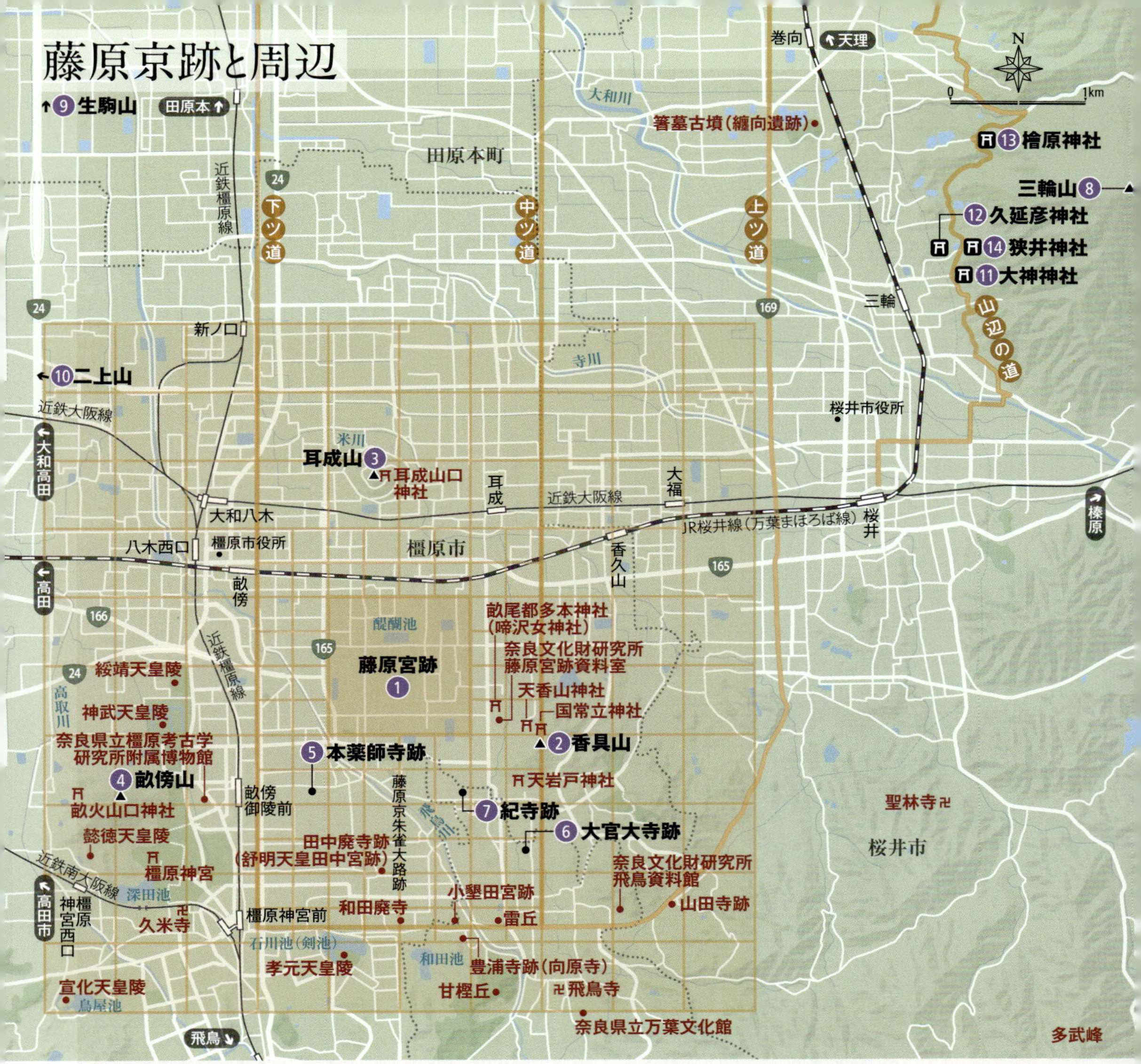

14

13

12

伝藤原信実筆《佐竹本三十六歌仙絵》より「柿本人麻呂」 部分
鎌倉時代　紙本著色　36.0×60.7cm　出光美術館蔵

時代を彩った万葉歌人

柿本人麻呂

謎の歌聖

［解説］**上野誠**

斉明から天智の時代の主役が額田王ならば、次の時代、第2期の主役は柿本《かきのもとの》人麻呂《ひとまろ》です。彼は持統天皇の即位とともに現れて彼女の死とともに消えていった伝説の歌人でした。

人麻呂は額田王にもまして謎の多い人物で、手がかりは『万葉集』以外にはありません。しかしその評価は、平安時代に紀貫之《きのつらゆき》が日本最初の勅撰和歌集『古今和歌集』の仮名序（かな書きの序文）で〈歌の聖《ひじり》なりける〉と讃えたことからわかります。

『万葉集』の中に収められた人麻呂の歌は、確実に人麻呂が詠んだとされる長歌20首、短歌71首に加えて、「柿本朝臣人麻呂歌集」として収録された約370首があります。その総数は『万葉集』約4500首の10分の1を占めるほどで、いかに人麻呂の存在が大きいかを物語っています。

なかでも注目したいのが長歌です。5・7・5・7・5・7……5・7・7と、5音と7音を3回以上繰り返し、最後に7音で止める歌の形態ですが、このかたちは人麻呂の時代に頂点を極め、以後急速に衰退してゆきます。人麻呂は天武天皇の皇子、高市皇子《たけちのみこ》の遺体が殯宮《ひんきゅう》にある時に、挽歌として実に149句におよぶ壮大な長歌（巻二の一九九）を詠んでいますが、これは彼が額田王とは違うかたちで、公的な場で歌を詠む宮廷歌人だったことを端的に示しているといえます。その一方で「石見相聞歌《いわみそうもんか》」のような〈笹の葉は　み山もさやに　さやげども　我《あれ》は妹《いも》思ふ　別れ来《き》ぬれば〉（笹の葉は、全山にさやさやと乱れ騒ぐが、私はただ一心に、別れてきた妻を思うだけだ／巻二の一三三）といった、非常に繊細で叙情的な短歌も残しています。人麻呂のすごいところは、公的な歌と私的な歌、叙事的な歌と叙情的な歌という、「やまとうた」のあらゆる可能性を示した点です。つまりそれが、紀貫之をして「歌の聖」といわしめた最大の理由なのです。

ところで、平安末期になると人麻呂の神格化はさらに進みます。この時代、みな人麻呂のようになりたいと、彼の肖像画を掲げた歌会「人麻呂影供《えいぐ》」が各地で行なわれました。その後、「人麻呂影供」は江戸時代にいたるまで流行します。そのため人麻呂の肖像画は今も数多く残されているのですが、ほとんどは当時のほかの肖像画に見られるような衣冠束帯の正装した姿ではなく、膝を崩した書斎の人として描かれています。おそらく柿本人麻呂という人物は、宮廷内で五位まで昇進することのできなかった下級の官人だったのでしょう。にもかかわらず、『万葉集』が公的な意味合いの強い、あれだけの長歌群を載せているということは、人麻呂が歌の才能によって、公的な場で公的な歌を残すよう命じられたからに違いありません。

私は日本の古代社会において、額田王が嚆矢《こうし》となって、柿本人麻呂が宮廷歌人としての地位を確立したのだと考えています。それはまた、特別な地位や名誉とは別に、芸術というものの評価がこの時代に確立した証なのではないでしょうか。

花ひらく万葉文化、平城京

大極殿は天皇が出御して国家儀式などをおこなっていた建物。万葉時代、ここを中心に華やかな文化が栄えた。

あをによし
奈良の都は
咲く花の
薫《にほ》ふがごとく
今盛りなり

（あをによし）
奈良の都は……
咲く花が
照り輝くように
今真っ盛り！

小《を》野《のの》老《おゆ》
巻三の三二八

平城宮跡に春来るらし……。梅の枝には、
ウグイスならぬメジロが。その向こうに
うっすらとみえるのは平城宮大極殿。

平城宮大極殿

早朝の飛火野。春日野の面影をしのばせる唯一の場所だ。万葉時代の人々は、この地で打毬や蹴毬に興じ、ひとときの風雅を愉しんだ。左奥、半円状の稜線を見せているのは御蓋山(春日山)。

冬過ぎて
春来《きた》るらし
朝日さす
春日《かすが》の山に
霞たなびく

冬が過ぎて
春がやって来たらしい
その理由はね、朝日さす
春日の山に
霞がたなびいているからね

作者不記載歌

巻十の一八四四

飛火野

故郷《ふるさと》の
明日香はあれど
あをによし
奈良の明日香を
見らくし良しも

故郷の
明日香は明日香でよいのだけれど……
（あをによし）
奈良の明日香を
見るのもまたよい――

大伴坂上郎女《おほとものさかのうへのいらつめ》　巻六の九九二

平城京の外京に位置した元興寺は、飛鳥にあった日本最初の本格的寺院・飛鳥寺を移築したもの。このとき百済の瓦博士によって作られた瓦が、いまも本堂と禅室の屋根の一部を覆う。

夕《ゆふ》されば
ひぐらし来《き》鳴く
生駒山
越えてそ我《あ》が来る
妹《いも》が目を欲《ほ》り

夕暮になるこれ
ひぐらしが来て鳴く
生駒山——
越えてわたしはやって来る
いとしき女《ひと》のその目を見たいから——

秦間満《はだのはしまろ》 巻十五の三五八九

東大寺二月堂から望む大和盆地の夕暮れ。遥かかなたに青垣の一角をなす生駒の山並みが見える。生駒山の標高は約642m。『万葉集』には射駒山、伊駒山などと記されている。

東大寺大仏殿と生駒山

やまとうたの復権

Q 『万葉集』が編纂された都、平城京。その宮跡にやってきました。

上野 〈明日香川　川門《かはと》を清み　後《おく》れ居て　恋ふれば都　いや遠《とほ》そきぬ〉（巻十九の四二五八）。明日香川の流れが清らかなので旧都・飛鳥にとどまっているうちに、都はますます遠くなってしまったという歌です。飛鳥から藤原京に遷ってわずか16年、元明天皇の時代の710年（和銅3）に、都はさらに北へと遷ったわけです。

Q 平城京はどんな都だったのでしょう？

上野 平城京を説明する際、私は常々次のように言っています。

大極殿は、国会議事堂
朝堂院《ちょうどういん》は、霞が関の官庁街
朱雀門は、皇居前広場
佐紀・佐保は、高級住宅街
春日野は、休日を楽しむ行楽地
男と女が出会う歌垣の場は、六本木
古都・飛鳥は、永遠のふるさと——

Q なるほど、言われてみると現代の都市構造とあまりかわらないんですね。

上野 もちろん、あてはめればの話ですけれどね。平城京の中心を成すのは、南北約4・8キロ、東西約4・3キロの方形部分で、藤原京と同じく碁盤の目状に街割がなされていました。宮は北辺に据えられ、その入口・朱雀門から都の入口・羅城門まで南にのびる朱雀大路は、幅約74メートル、長さ約3・7キロにおよぶ長大な直線道路でした。これは7世紀頃に飛鳥と奈良を結ぶ道として整備された、下《しも》ツ道がもとになっています。

Q 元明天皇はこの下ツ道を通って平城宮入りしたのでしょうか。

上野 いや、下ツ道の東を並行して通っていた中《なか》ツ道を使ったとされています。

北西より、平城宮跡を望む。左に見える大極殿の復元が完成間近の2010年頃の様子。右端はこちらも復元された朱雀門。二つの建物のあいだに天皇の住まいや役所や庭園などが置かれていた。

古代、飛鳥と奈良を結ぶ道は全部で4本ありました。いわゆる大和古道ですが、下ツ道、中ツ道に並行する直線道路がもう1本あって、これが上《かみ》ツ道と呼ばれるもの。それから三輪山の麓から春日山の麓まで、奈良盆地の東の山裾を蛇行する山辺《やまのべ》の道です。山辺の道沿いは『万葉集』に歌われた故地も多く、古道のなかでも人気が高い。

Q　まっすぐな道は藤原京以前にもあったのですね。

上野　まあでも都の大路のようではなかったでしょう。『万葉集』に〈あをによし　奈良の大路《おほち》は　行き良《よ》けど　この山道は　行き悪《あ》しかりけり〉（巻十五の三七二八）という歌がありますが、これは中《なか》臣宅守《とみのやかもり》という人が罪を得て越前に流される途中、奈良の都の道は歩きやすかったけれど、田舎の山道は歩きにくいと、都を懐かしんで詠んだものです。都大路は、当時の人々にとっては都を象徴するものであり、誇りでした。加えて、面白いのは、都を讃える歌が、都から遠く離れた場所で生まれるということ。客観的にかつて自分たちが住んでいた都を見ることになり、その良さが改めて身にしみるのでしょう。そんな讃歌のなかでもすばらしいのが、小野老《おののおゆ》の〈あをによし　奈良の都は　咲く花の　薫《にほ》ふがごとく　今盛りなり〉（巻三の三二八）［66頁］。大宰府の役人だった小野老が、おそらく宴席で詠んだのでしょう。都の繁栄を伝える高揚した歌ぶりからは、「あんたたちが都に残した家族は元気にやってるよ、だから安心しなされ」というメッセージが聞こえてくるようです。とすれば、都からやって来たか、戻ってきた時の歌と考えられます。

Q　都がこれだけの規模になると、そうそう簡単に遷都はできませんね。

上野　そこに聖武天皇の苦悩がありました。聖武天皇の時代は、疫病の流行や飢饉に加え、側近の藤原広嗣《ふじわらのひろつぐ》が反乱を起こすなど、朝廷の権威が揺らいだ時期でもありました。弱り切った聖武天皇はどうしたかというと、飛鳥以前の天皇のように、遷都によって求心力を回復しようとするんですね。しかしもはや遷都の時代は終わりに近づいていました。恭仁宮《くにのみや》、難波宮《なにわのみや》、紫香楽宮《しがらきのみや》などを転々として、

結局平城京に舞い戻ってくる。

Q　平城京の条坊図［84頁］を見ると、東に飛び出た地区があります。

上野　外京《げきょう》と呼ばれる部分で、興福寺や元興寺《がんごうじ》があるあたりです。『万葉集』には「元興寺の里を詠む歌」という題詞のついた〈故郷《ふるさと》の　明日香はあれど　あをによし　奈良の明日香を　見らくし良しも〉（巻六の九九二）［71頁］という大伴坂上郎女《おおとものさかのうえのいらつめ》の歌が残っています。故郷の飛鳥もいいけれど、奈良の飛鳥もいいものだという意味ですが、〈奈良の明日香〉とはおかしな表現だと思われるかもしれません。じつは元興寺は飛鳥にあった蘇我氏の氏寺・飛鳥寺（法興寺）が、平城京遷都にともなって移築されたものなのです。本堂や禅室の瓦は飛鳥時代のもので、建材にも6世紀に伐採された木が使われていることがわかっています。平城京遷都の際、飛鳥にあった建物が外京に移築されたともいわれていて、もしかしたら奈良時代、ここで人々は元興寺以外にも多くのなつかしい建物を見たのかもしれません。

この大伴坂上郎女の歌のもうひとつのポイントは、都人《みやこびと》としての自負心が見られるところです。そこには「そりゃあ飛鳥はよかったけれど、都の飛鳥だっていいものよ」という、「住めば都」の思いが読み取れる。そういった自負心を同じ平城京に住む人たちが共有することで、仲間意識が生まれていきます。いわゆるローカリズムですね。〈射目《いめ》立てて　跡《と》見《み》の岡辺《をかへ》の　なでしこが花　ふさ手折《たを》り　我《あれ》は持ちて行く　奈良人《ならひと》のため〉（巻八の一五四九）という紀鹿人の歌にある〈奈良人〉という言葉には、「江戸っ子」とか「ニューヨーカー」といった言葉同様、そこに住む人たちの強い自負心が込められていると思うんです。平城京は日本でそういったローカリズムが形成された最初の都市でした。

Q　なぜそのようなものが生まれたのでしょうか？

上野　急速な唐風化の反動でしょうね。それは我々が生きる現代の状況とよく似ています。いま、さまざまな分野でグローバル化が叫ばれる一方で、各都市でタウン誌が創刊されたり、ローカリズムの主張の強い知事が支持を得るといった現象がおこっています。平城京も同じで、強力な鎮護国家の仏教政策が推し進められ、遣唐使が派遣されるなど、ものすごいスピードで国際化が進んでいました。遷都による求心力回復に失敗した聖武天皇ですが、752年（天平勝宝4）の東大寺大仏開眼によって、仏教による鎮護国家政策のほうは一応の成功を見ます。

Q　『万葉集』には、その大仏開眼を詠んだ歌はあるのでしょうか？

上野　たとえば、〈天皇《すめろき》の　御代栄えむと　東《あづま》なる　陸奥山《みちのくやま》に　金《くがね》花咲く〉（巻十八の四〇九七）は、大仏に塗る金が不足していた時に、金が陸奥国から発見されたことを寿ぐ歌です。しかし大仏開眼を直接的に詠んだ歌は一首もありません。それは、たとえて言うなら演歌でスポーツカーを歌うことが馴染まないのと同じで、やまとうたは、「やまと」の風土や文化を歌うようにできているからなんですね。

もちろん、やまとうたの文化は、個人の宴会レベルでは脈々と受け継がれていきます。ただ、かつて宮廷行事などで、人々のこころをひとつにしていたその地

東大寺大仏殿盧舎那仏像。752年の大仏
開眼は平城京最大のイベントだった。

大船《おほぶね》に
ま梶《かぢ》しじ貫《ぬ》き
この我子《あご》を
唐国《からくに》へ遣《や》る
斎《いは》へ神たち

大船に
櫂《かい》を隙間もないほど並べたて
このいとし子を
唐へ遣る——
神たちよ守らせたまえ——

光明皇后 巻十九の四二四〇

《吉備大臣入唐絵巻》部分　12世紀（平安時代）　紙本著色　32.0×2442.2cm（全長）　ボストン美術館蔵
William Sturgis Bigelow Collection by exchange 32.131

旅人の
宿りせむ野に
霜降らば
我《あ》が子羽《は》ぐくめ
天《あめ》の鶴《たづ》群《むら》

旅びとが
宿を取る野に
もし霜が降ったなら
我が子をその羽で包んで暖めてやっておくれ
天高く飛ぶ鶴たちよ

遣唐使の母　巻九の一七九一

位は、平城京時代にはお寺や仏像といった外来文化にすっかり奪われていました。

Q　つまりこの時代に『万葉集』が編まれたのも、ローカリズムのひとつの現象であったと？

上野　そう、唐風化の反動によるやまとうた再評価の機運と、いまを逃してはこれほどの歌の記録は残らないという危機感が、『万葉集』を生んだのです。また、聖武天皇という久々の男子天皇の誕生は、大伴旅人《おおとものたびと》や山部赤人《やまべのあかひと》といった歌人たちに、長歌復興への意欲をもたらすきっかけとなりました。

Q　そうなると気になるのは『万葉集』の編纂者。一体誰なのでしょう？

上野　複数いたことはまず間違いないですね。そして、巻十七以降、『万葉集』は大伴家の私家集のような様相を呈することから、大伴家持《やかもち》がその中核を担っていたのは確実だと思います。しかし、じゃあほかに誰がいるかといわれると、これがわからない。ただ最近私がキーパーソンとして注目しているのが、聖武天皇の皇后だった藤原光明子《こうみょうし》（光明皇后）。どうも彼女がやまとうたの保護に力を注いでいた形跡がある。〈しぐれの雨　間《ま》なくな降りそ　紅《くれなゐ》に　にほへる山の　散らまく惜《を》しも〉（巻八の一五九四）は、739年（天平11）の冬、光明皇后主催の維摩《ゆいま》講《こう》で十数人で合唱したという歌です。維摩講というのは生家の藤原氏ゆかりの維摩経を広めるための重要な法会。その席で、やまとうた朗唱の機会を与えたということは、光明皇后がやまとうたの強力なパトロンだったことを物語っています。このときの十数人の歌い手――『万葉集』には伴奏者も含め5名だけ名が記されていますが――彼らのうちの誰かが何らかの形で『万葉集』編纂に関わっていたのではないか。いま私はそんなふうに思っています。『万葉集』の最後の歌が、光明皇后死去とほぼ時を同じくしているのも偶然ではないでしょう。

Q　『万葉集』には光明皇后自身の歌もいくつか収められています。

上野　遣唐使の無事を祈る歌がいいですね。〈大船《おほぶね》に　ま梶《かぢ》しじ貫《ぬ》き　この我子《あご》を　唐国《からくに》へ遣《や》る　斎《いは》へ神たち〉（巻十九の四二四〇）[78頁]。春日でおこなわれた遣唐使航行安全祈願の折のものです。平城京の東に位置する春日山は、もっぱら都人の行楽地として歌に詠まれていますが、一方で重要な神事が執り行われる場所でもありました。

私は『万葉集』が奈良時代の「内」を代表する文化なら、遣唐使は「外」を代表する文化だと思うんです。さらに言うなら、奈良時代以降も、外来文化が強くなると、『万葉集』はかならず「内」を代表する文化として浮揚してきました。漢学隆盛期の契沖《けいちゅう》然り、西欧化政策が進む時代の正岡子規然り。それはなぜか。これまで見てきたように、古代日本では、都が遷るたび、天皇が旅をするたびに、その土地を讃える歌が作られてきました。日本の詩歌の原点は、土地を褒める、その土地に立ったときの感動を歌うというところにあるのです。それは日本という土地への恋そのもの、つまり究極のローカリズムですよね。だからこそ『万葉集』は現在に至るまで、「内」を代表する文化とされつづけてきたのです。

平城京の時代

710	和銅3	**平城京へ遷都。**
712	和銅5	『古事記』完成、奏上。
713	和銅6	『風土記』の編纂を命じる。
715	霊亀1	元明天皇譲位し、氷高内親王が即位(元正天皇)。
718	養老2	藤原不比等ら、養老律令を編纂。元興寺を平城京に移す。
720	養老4	『日本書紀』完成、奏上。
724	神亀1	元正天皇譲位し、聖武天皇、即位。
729	天平1	長屋王の変。謀反の嫌疑で長屋王、自殺。藤原不比等の娘光明子、皇后に。
740	天平12	**山背の恭仁宮に遷る**(今の京都府木津川市)。
741	天平13	国分僧寺・国分尼寺建立の詔。
742	天平14	近江に紫香楽宮を造営(今の滋賀県甲賀市)。
743	天平15	大仏造立の発願。
744	天平16	**難波宮へ遷都**(今の大阪市)。
745	天平17	**紫香楽宮へ遷都するも、約半年で都を平城京に戻す。**
749	天平勝宝1	聖武天皇譲位し、阿倍内親王が即位(孝謙天皇)。東大寺大仏、本体完成。
754	天平勝宝6	鑑真来朝。
758	天平宝字2	孝謙天皇譲位し、淳仁天皇、即位。
759	天平宝字3	鑑真が唐招提寺建立。
764	天平宝字8	恵美押勝(藤原仲麻呂)の乱。淳仁天皇、淡路に幽閉。
		孝謙太上天皇重祚し、称徳天皇に。
768	神護景雲2	春日大社創建。この頃までに『万葉集』成立か。
770	宝亀1	称徳天皇、没。光仁天皇、即位。
781	天応1	光仁天皇譲位し、桓武天皇、即位。
784	延暦3	**長岡京へ遷都**(今の京都府向日市・長岡京市付近)。
791	延暦10	平城宮の諸門を長岡京に移築。
794	延暦13	**平安京へ遷都。**

万葉集であるく平城京

⑥

①

⑤

⑨

憩いの場、春日野

平城京のスケールを実感するためには、**東大寺**①二月堂か**若草山**②の山頂から奈良の街を俯瞰するのがよい。正面に見えるのは西の壁・**生駒山**③。東の若草山または春日山とともにこの東西の青垣の山のかたちを覚えれば東西の軸がわかるから、地図をみても方角を誤らない。東大寺からは、**手向山八幡宮**④を経て南下すると**春日大社**⑤に辿りつく。平城京守護のために建てられた社の背後には**御蓋山**《みかさやま》（**春日山**）⑥と**春日山原始林**⑦が広がる。万葉びと、特に平城宮で働く大宮人が遊んだのがこの春日山の麓に広がる**春日野**⑧一帯だ。男女がつどって酒を飲んだり、若菜摘みをしたり、紅葉狩りをしたり、御蓋山の月をめでたり……。レクリエーションのみならず、国家的祭祀も行われていたという。大社参道の南側の**飛火野**《とぶひの》⑨はその面影をよく残す。すこし距離はあるが、できれば平城京からこの春日野山麓まで歩いてみよう。

⑩ 写真：坂本照／アフロ

⑬

⑪

⑭

⑫

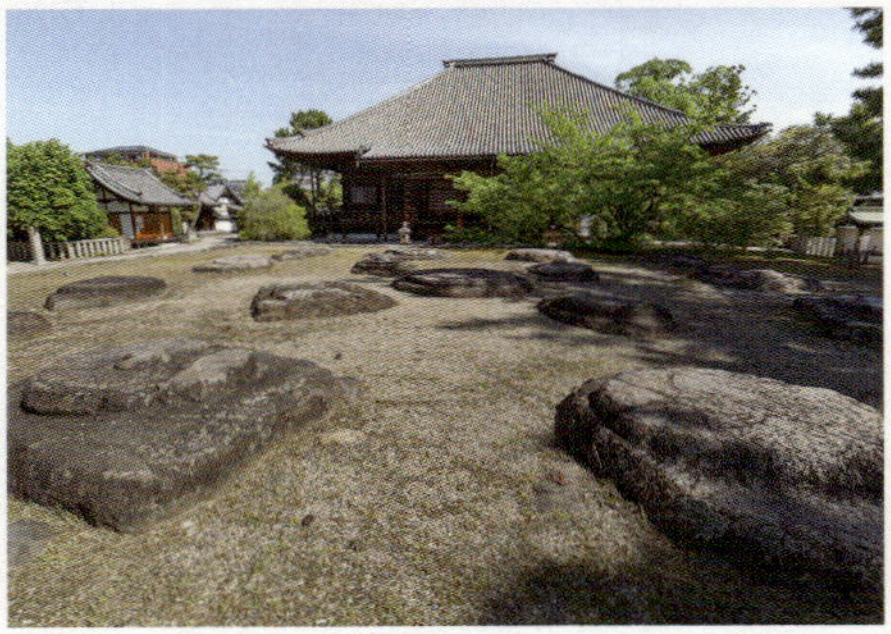

⑮

南都七大寺と外京

平城京内には、平城宮を取り囲むように各寺院が配置された。飛鳥や藤原の都から移転してきた**大安寺**⑩、**薬師寺**⑪、**興福寺**⑫、**元興寺**⑬。聖武天皇の時代に建立された**唐招提寺**⑭と東大寺。称徳天皇の時代の**西大寺**⑮。これら寺院群は朝廷の庇護を受けながら、仏教研究の拠点として発展し、奈良時代の終わりには、平城京は学園都市としての機能を果たすようになる。また奈良時代は広大な敷地を誇った元興寺、鎌倉期まで有力であった興福寺、近世以降有力であった東大寺が居並ぶ外京は、平安遷都以降は奈良の中心地となり、現在の奈良町のにぎわいへとつながる。

平城宮

奈良の偉大なる空洞、平城宮跡は着々と復元が進んでいる。宮の入り口・**朱雀門**⑯の周囲は広場として整備され、**朱雀大路**⑰や**二条大路**⑱も往時の祝祭空間をよみがえらせるがごとく一部復元された。平城京の南端・**羅城門**⑲までつづく朱雀大路ほか、都大路は、万葉びとの生活空間の一部であり、男女の出会いの場であり、当然『万葉集』でも多く詠まれている。いっぽう平城宮北端・**第一次大極殿**⑳の玉座のあたりから朱雀門の方角をのぞめば、大極殿→朝堂院（跡）→朱雀門→朱雀大路→羅城門（跡）が一直線上に見え、「天子南面、臣下北面」の思想、すなわち律令国家の理想を体現した都市構造を体感できるだろう。南北二つの建物の間には（推定）**宮内省**㉑、**兵部省**㉒、**式部省**㉓などの役所や天皇の住まいである**内裏**㉔、それに**東院庭園**（後の**楊梅宮**《ようばいきゅう》㉕が置かれた。東院庭園は宴や儀式を行ったいわば迎賓館のような施設で、80×100メートルの敷地に館と豊かな植栽が復元されている。

25

16

「庭」を意味する言葉は『万葉集』にもよく見られるが、天子・貴族から庶民にいたるまで浸透した、当時の都市文化としての「庭」を味わってみよう。

さらに東院庭園のすぐ東側には、光明皇后発願の**法華寺**㉖、**海龍王寺**㉗などが建つ。宮廷内寺院として、宮家の私寺の側面が強かった二寺は、平城京内の官寺とはまた趣を異にする。

岩佐又兵衛《三十六歌仙画冊》
(旧上野家本)より「山部赤人」 17世紀
紙本著色 21.0×21.6cm
福岡市美術館蔵
画像提供:福岡市美術館/DNPartcom

小杉放菴《太宰帥大伴旅人卿讃酒像》
1947年 油彩・カンヴァス
107.2×87.4cm 出光美術館蔵

時代を彩った万葉歌人

大伴旅人・山部赤人 高橋虫麻呂・山上憶良

奈良の都の四人衆

[解説] 上野誠

柿本人麻呂は、日本の歌のスタンダードを確立した巨人です。特に宮廷での存在感を左右する長歌という公的な世界では、彼はとてつもなく大きな役割を果たしました。

　そうしたなかで、人麻呂の確立した長歌の世界を、より明確な宮廷儀礼歌として継承しようとしたのが大伴旅人《おおとものたびと》（665〜731）でした。旅人は和歌や漢籍の知識も豊富なきわめて位の高い名門貴族で、亡くなる前年には大納言にまで昇進した人物です。63歳頃に大宰府の帥《そち》（長官）となって九州に下りますが、その赴任以前、聖武《しょうむ》天皇が吉野に行幸した際に詠んだ長歌（巻三の三一五）と反歌（巻三の三一六）が残されています。吉野と天皇を褒め称えた宮廷讃歌のこの2首は、実は天皇からお呼びがかかると予想してわざわざ用意したにもかかわらず、結局は草稿に終わってしまった歌です。しかし、公的な場で天皇に披露せんとする旅人の強い意気込みを感じさせます。

　それに対し、山部赤人《やまべのあかひと》（生没年未詳）という人は、公的な歌の世界を意識して詠もうというのではなく、純粋に長歌と反歌との関係の中で、自然や情景を客観的に表現し、自分のものにしようとした歌人でした。赤人は、聖武天皇に仕えて何度も行幸に随行し歌を詠んでいますが、歌に対する自身の世界観ゆえか、公的な長歌以上に、短い反歌の中に優れたものが多い。奈良ではありませんが、『万葉集』の中でも最もよく知られる〈田子《たご》の浦《うら》ゆ　うち出でて見れば　ま白《しろ》にそ　富士の高嶺に　雪は降りける〉（巻三の三一八）も、そんな赤人の反歌のひとつです。

　さて、旅人や赤人など宮廷との関わりを通じて歌を詠んだ万葉歌人がいるなかで、彼らとは全く異なった世界を表現した人物がこの時代に登場します。高橋虫《たかはしのむし》麻呂《まろ》（生没年未詳）です。虫麻呂は下級官吏として東国に赴任、都から離れた異郷の地で、各地の伝説や風俗を取材して叙事性の高い長歌を詠みました。『万葉集』には彼の歌が34首収められていますが、有名なのが浦島伝説（巻九の一七四〇）の長歌。5・7・5・7……のリズムで朗々と詠まれており、実に圧巻です。この伝説は、おそらく虫麻呂がいなければ今日まで伝わらなかったと私は思います。

　そして最後に忘れてはならないのが山《やまの》上憶良《うえのおくら》（660〜733頃）です。彼は遣唐使として中国に渡ったことで、自分が望むべくもなかった破格の出世を遂げました。憶良が詠んだ歌は、仏教や儒教を背景にした社会性の強い歌でした。当時、平城の都では農民たちが徴税や課役《かやく》に苦しみ、浮浪者が増加の一途をたどっていたといいます。憶良はそんな民の声を「貧窮問答歌《ひんきゅうもんどうか》」（巻五の八九二）として表しています。

　このようにたどってみると、万葉の第3期というのは、人麻呂の創ったスタンダードをどのように継承し、いかに当時の状況に合うものに変えていくかを模索した時代だったといえます。その意味で、額田王や人麻呂のような、突出したキーマンがいなかった時代だったともいえるでしょう。

《上畳本三十六歌仙絵》より「大伴家持」 部分
鎌倉時代　紙本著色　29.1×50.0cm　藤田美術館蔵

時代を彩った万葉歌人

大伴家持

万葉集の編纂者？

[解説] 上野誠

万葉時代の最後に登場するのが大伴旅人の息子、大伴家持《おおとものやかもち》（718?～785）です。

名門貴族出身の父を慕いながら育った家持もまた、平城京という都会の中で、ごくわずかしかいないエリート中のエリート。大伴氏の御曹司だった彼は一族の期待を一身に担う存在でした。家持は官僚として中央でも地方でも重職に就きましたが、根が真面目過ぎたのか、一族が連座したさまざまな政変に巻き込まれたりして、結局、最後は中納言でその生涯を終えています。実はそれだけでなく、なんと亡くなってからも謀反の疑いで罰を受けているのです。死者に鞭打つとは、まさにこのことです。家持が生きた時代は、天平文化が花開いた時代でもあったわけですが、その一方で山上憶良が「貧窮問答歌」で示したように、政情は必ずしも安泰ではありませんでした。大納言にまでなった父・旅人に較べると、名門貴族の家に生まれた官僚にしては、やはり家持は不遇だったといえるでしょう。

しかし歌の世界では、彼は父の旅人以上にきわめて大きな役割を果たしました。なかでも重要なのが、この『万葉集』の編纂です。その経緯についてはいまだ諸説あって解決を見ていませんが、家持が編纂の有力メンバーであったことは、ほぼ間違いありません。というのも、『万葉集』に収められている彼の歌は、長歌が46首、短歌が432首、旋頭歌が1首、計479首あって、この数は前に述べたあの人麻呂よりも多く、万葉歌人の中では最多です。そして全二十巻のうち、巻十七から巻二十までが彼自身の歌日記的な体裁をとっているのです。こうしたことなどから、今日では家持が何らかのかたちで『万葉集』編纂に関与していたのは確実と考えられています。

では、実際に彼が詠んだ歌はどうだったのでしょうか。私は家持が残した歌の最も重要な点は、万葉びとの生活ぶりを生々しく伝える、その資料性の高さにあると思っています。巻十七から巻二十までの〝歌日記〟には、ほとんどの歌の題詞に、その歌を詠んだ年月、日付が記されていて、しかもそれが順を追って配列されているので、この時期（730～759）の宮廷の様子や家持の行動を細かく窺うことができます。例えば、正月の宮廷の行事に貴族たちはどのように参加したかとか、歌会にどのような準備をして臨んだかとか、あるいは女性に対してどのように歌を歌いかけ、女性はそれにどう答えるべきかといった規範のようなものまで、家持の歌を通して臨場感あふれる世界が理解できるのです。これは同時代のことを記した正史『続日本紀《しょくにほんぎ》』などでは、なかなかわかりません。

また家持は、父・旅人と同様に長歌を詠むことに情熱を込めた歌人でした。おそらく彼は歌聖・人麻呂の後を継ぐのは自分だと思っていたに違いない。しかし、結局は家持も人麻呂を超えることはできなかったのです。すでに時代が長歌自体を必要としなかったのかもしれません。

大和三山、てくてく巡り

蜂飼耳

大和三山といえば、万葉びとにとっては聖なる山。
しかし、実はこの三山、いずれも登れるのだった。
上代文学に親しむ筆者が一日登山で体験した、
意外な万葉の楽しみ方。

三輪山の麓から望む大和三山。橿原市街の中にこんもりと3つ、盛り上がっている様子がわかる。左から香具山、畝傍山、耳成山。右手前に見えるのが大神神社の大鳥居。

左頁／スタートは橿原神宮。大和三山がいくら低いといっても油断は禁物。ゴミひとつない美しい境内を進み、参拝して登山?の無事を祈る。うしろに見えるのが最初の目的地、畝傍山。

今年（2009年）は、和銅三年（710）におこなわれた平城京遷都から千三百年にあたる。遷都、といって、移った先の場所のことばかりを考えがちだが、どこから移ったのか。藤原京だ。そして藤原京といえば、大和三山。

香具山《かぐやま》、畝傍山《うねびやま》、耳成山《みみなしやま》に囲まれた地に、藤原京は築かれた。『万葉集』が編纂されたころ、都の人々は、かつての都やそこから眺められる山々を、どんな思いで振り返っていたのだろう。遷都千三百年の年に、平城京以前の地を訪ねる。三つの山に登る。

大和三山。いずれの山にも、登ることができる。これは、たとえば大神《おおみわ》神社のご神体である三輪山へは、許可を受けなければ登れないこととは対照的だ。これまでは、登るものというより、離れたところから、飛鳥の甘樫丘《あまかしのおか》などから、眺めるものだと漠然と感じていた。もしかすると、『万葉集』に収められた三山を見わたす歌の残像が、いつのまにか、脳裡に染みついていたのかもしれない。登ってもいいのだ。

朝。橿原神宮へ。日向から東征してきた初代神武天皇が、畝傍山の麓の橿原宮で即位したという『古事記』や『日本書紀』の伝えに基づいて、明治二十三年（1890）に創建された。あちらこちらに、樫の木が生い繁る。緑色を深くするその枝々。初代天皇と皇后を祀る場所だけれど、そこに流れるのは近代のにおい。春の雨に洗われた玉砂利がざくざくと鳴る。つづいて、畝傍山へ。

畝傍山。一九八・八メートル。三山のなかではもっとも高く、道も険しいという。とはいえ、頂上までは二十分程度。思ったよりも人がいるので、驚いた。「こんにちは」。みな軽装で、すれちがうときには挨拶をかわす。近所の人たちが気軽に歩く山なのだろうか。樫や椎や杉が混生する。落ちている赤いものは椿の花。畝傍山国有林、と書かれた看板が目に入る。その説明のなかに、死火山、という文字がある。「最近は死火山という言葉はあまり使わないようですよ」と、編集のAさん。こうした看板にも、時は流れる。同じ看板に、『万葉集』の歌が引かれていた。〈香久山は　畝傍を愛《を》しと　耳成と　相争ひき　神代《かみよ》より　かくにあるらし　古昔《いにしへ》も　然《しか》にあれこそ　うつせみも　嬬《つま》を　争ふらしき〉。巻一の一三、中大兄の歌だ。大和三山といえば、まずはこの三山相闘の歌が浮かぶ。山の三角関係。

看板では、問題の箇所は「愛し」となっていた。この箇所の漢字による原文表記は「雄男志」で、これを「雄々し」ととるか、あるいは「を愛し」「を惜し（とられたくない）」ととるかで、山の性別はくるりと変わってしまう。畝傍山のことを「雄々しい」というのなら、畝傍山は男だ。畝傍山のことを「愛しい」「惜しい」とい

うのならば、女だ。それに連動して、香具山と耳成山の性別も替わる。この歌には、香具山、畝傍山、耳成山の順に、それぞれを次のようにとらえる説がある。「女、男、女」「女、男、男」「男、女、男」。従来さまざまな論争が繰りひろげられてきた歌で、明確な決め手がないために、決着はつかない。いまなお山の性別は揺れつづけている。だから、この歌を思い浮かべながら三山を眺めると、なんとなく変な気もちになってくる。いったい、どれが男で、どれが女なのだろう。

ところどころ、明るい色の岩をむき出しにしている山道。うっかり、足を滑らしてしまいそうだ。畝傍山は男なのか、女なのか。どちらなのだろう。考えながら登るうちに、頂上に至る。山頂は広場になっている。木が繁っている。いまは麓に鎮座する畝火山口神社は、かつてはこの山頂にあったという。そばの木の股に、なぜか、黒い枠の円形の時計がくくりつけられていた。十時二十分。濃く繁る木と木のあいだから、ちょうど正面に見えるその山は、耳成山。というより、耳成山を眺められるように、その部分だけ木が伐ってあるということらしい。見ていると眠りに誘いこまれるような、穏やかな円錐形。大小のビルが騒がしく散在する風景のなかに、ぽかんと浮かんでいる。これが現代の眺めだ。香具山も見えるはずだが、その方角には木が生い繁っていて、見えない。

畝傍山の登山道にて。畝傍山は標高198.8m。大和三山の中では最も高い。鬱蒼とした樹々の間からは、金剛葛城連山を垣間見ることができる。時折差し込む朝の陽差しが暖かい。

畝傍山の山頂にて。東側から耳成山を望むことができた。コチラの山よりも60mほど低いので、見下ろすかたちに。山頂には麓に移築される前の畝火山口神社跡が史跡として残る。

畝傍山の麓に鎮座する畝火山口神社の鳥居下から、二上山を望む。右の雄岳は標高約５１７ｍ、左の雌岳が約４７４ｍ。

左頁／初代天皇が眠るとされる神武天皇陵。キュキュッと玉砂利が鳴る。畝傍山北東部の裾野にあり、地元の小学生が、社会科見学に来ていた。

登ってくる人とすれちがいながら、下りる。滑らないように気をつけながら、来た道をふたたび辿る。見覚えのある木や岩。いつのまにか、畝傍山は終わっていた。

畝火山口神社へ。気長足姫尊《おきながたらしひめのみこと》（神功皇后）が応神天皇を産んだという伝説があり、安産祈願の社となっている。次に、神武天皇陵へ。紺色の帽子をかぶった子どもたちが、一列になって歩いていた。遠足ですかと訊いてみる。近くの小学校から見学に来た、と教えてくれる。陵は、もちろん宮内庁の管轄だ。事務所をのぞくと、とても静かで、職員の人たちが机に向かっていた。

曇り空の下を、天岩戸《あまのいわと》神社へ。住宅地のなかにある小さな社。鳥居の脇では、紅梅が満開。そのにぎわいが、だれもいないひっそりとした社に彩りを添えていた。拝殿だけがあって、本殿はない。拝殿の向こうには、竹が生えている。古い竹、新しい竹がまざって、ばさばさと生えている。案内板の言葉を読む。「玉垣内には、真竹が自生するが、これを往古より七本竹と称し、毎年七本ずつ生え変わると伝えられている」。竹林のなかに、灰色の岩。岩と岩の重なりに、隙間ができている。岩穴。これがご神体なのだ。『古事記』や『日本書紀』の伝える、天の岩屋戸神話ゆかりの場所。天照大神《あまてらすおおみかみ》がこもり、ふたたび現れたという岩穴。見上げれば、空は曇ったままだ。けれど、雲の向こうに太陽は確かに出ている。

牧場の製造直売所に立ち寄り、求めた蘇《そ》を皆で分けて食す。栄養補給。蘇は、古代のチーズといわれる褐色の乳製品。噛めば、ぽろりと崩れる。チーズと豆腐とキャラメルの、いずれにも似ているようで、似ていない。しきりに首をかしげる編集のSさん。牧場の人に、牛はどこかと訊ねてみる。ここにはいないという。近くで七十頭ほど飼っている、と教えてくれる。

大和三山、この日二つめとなる山は香具山。一五二メートル。山へ近づきながら思い出す歌は、なんといってもまずは〈春過ぎて　夏来《きた》るらし　白《しろ》たへの　衣干したり　天《あめ》の香具山〉。巻一の二八、持統天皇の歌だ。百人一首にも〈春過ぎて　夏来にけらし　白妙の　衣ほすてふ　天の香具山〉というかたちで入っているので、ひろく知られている。夏はずっと先なのに、香具山を目の前にすれば季節を飛び越え、この歌が迫ってくる。つづいて、柿本人麻呂の作といわれる次の歌が浮かんで、季節は現在へ巻きもどされる。巻十の巻頭の歌。〈ひさかたの　天の香具山　この夕《ゆふへ》　霞たなびく　春立つらしも〉。いまの季節にぴったりだ。登りはじめる。

山火事注意、という真っ赤な横断幕に迎えられた。ここが山火事になったら、大変なことだ。『日本後紀』延暦二十四年（805）十二月二十二日の条に、三山の木の伐採を禁じる勅についての記載がある。ということは、

香具山の南麓、天岩屋戸神話で知られる天岩戸神社を参拝する。ご神体はこの社の背後に鎮座する洞のある大きな磐座だ。生い繁る竹林が、神秘的な雰囲気をさらに盛り上げる。

左頁／香具山の登山口。〈大和には　群山あれど……〉で始まる有名な舒明天皇の国見の歌碑が立つ。さあ、これからいよいよ、ふたつめの山へ。

木は伐られていたのだ。香久山国有林植樹事業完成記念という看板が立っている。昭和五十七年三月に終了。「実行数量四六一六本」とある。「ねずみもち一六本」のためか、なんとなく半端な数に見える。残りの種類は「ひのき、くす、まてばしい」。山道には、木材で階段が作られている。畝傍山よりも登りやすい。山頂までは十五分ほどだ。

　これが香具山なのか。あっけない登山だ。古代、この地の山については、高さや大きさよりもむしろ、方角や特定の場所から見たときの位置こそが、大事だったのだろう。登ってみて、その思いが強くなる。香具山の山頂からは畝傍山が見える。そこだけ枝が払ってあって、眺められるようになっていた。三山相闘の歌がふたたび迫ってくる。香具山は畝傍「雄々し」なのか、「を愛し」「を惜し」なのか。この山は男なのか、女なのか。わからない。いずれにせよ、緑の木々に作られた隙間は、畝傍山のすがたを、見せる、というよりは、覗かせる。そのことに気づく瞬間、自分も香具山となり、香具山の視線となって、畝傍山をじっと見る。性別も判然としないまま。

　香具山の山頂には、国常立《くにとこたち》神社が鎮座する。『古事記』や『日本書紀』に登場する国常立神《くにとこたちのかみ》を祀る。境内社として、水の神である高龗神《たかおかみのかみ》を祀る。社の前に井戸の

ようなものがある。輪のかたちの縁までいっぱいに、水を湛えている。底を見せない、暗い水。社の脇に立つ案内板を読む。「向かって右側神殿の前に壺が埋められており、古来干天の時この神に雨乞いして壺の水をかえたが、まだ降雨のない節はこの社の灯明の火で松明をつくり、村中を火振りして歩いたという」。昔から、水の確保に心を砕き、溜め池を作ってきた地域だ。

　香具山は、特別な場所だ。大和三山のなかでも、とりわけ神聖な山とされてきた。天の字を冠して、天香具山と表現される。『伊予国風土記』逸文は、天から落ちてきた山についての伝えを載せている。天から山が落ちるとき、それは二つに割れて、片方は天香具山となり、もう片方は、伊予の天山《あまやま》となったという。だから、歌のなかには〈天降《あも》りつく　天の香具山〉（巻三の二五七）という表現も見られる。

　巻一の二、舒明天皇の歌は、香具山が国見の儀礼の場所だったことを伝える。〈大和には　群山《むらやま》あれど　とりよろふ　天の香具山　登り立ち　国見をすれば　国原《くにはら》は　煙《けぶり》立ち立つ　海原は　かまめ立ち立つ　うまし国そ　あきづ島　大和の国は〉。国見は、視察とはちがう。その国の望ましい状態を、儀礼のなかで表す、予祝《よしゅく》の意味合いをこめた行事だ。しかもそれは、こうであってほしいという願望ではなく、こうである、という断言、宣言

大和三山の中でも最も神聖な山とされる香具山の山頂に到着。今度は先ほど登ったばかりの畝傍山が。背後に見えるのは生駒山系の山並み。

に近いものだ。だから、この歌が表す眺めは、風景描写ではない。実景の写生ではない。山の上から眺めて、よい国だな、などとのんきなことをいっている場合ではなかっただろう。天に由来する神聖なこの山で、神話を引き寄せ、重ね、祝い、表すことで、国の望ましい状態を先取りする。国見の儀礼は、抜き差しならぬものだったはずだ。十五分もあれば登れるこの山に、どんなにたくさんの思いが懸けられていたことだろう。年ごとに、それは落ち葉のように積もり、人の世は移り変わり、時代は過ぎていったのだろう。来た道を下る。

麓の道を辿る。北麓に鎮座する天香山神社へ。香具山、香久山、香山。いろいろな表記があるものだ。参道を進んでいくと、天香山赤埴聖地、と彫られた石碑が目にとまる。香具山の土は、その地の掌握と支配に関わる特別なものと考えられていたようだ。たとえば、『日本書紀』神武天皇即位前紀に、大和宇陀の豪族である弟猾《おとうかし》が、神武天皇に対して、別の豪族との戦闘に勝利する方法として、まずは天香山の土を手に入れるようにと助言する。〈今当《まさ》に天香山の埴《はにつち》を取りて、天平瓮《あまのひらか》を造りて、天社《あまつやしろ》国社《くにつやしろ》の神を祭《いはひまつ》れ。然して後に、虜《あた》を撃ちたまはば、除《はら》ひ易けむ〉と。だれもいない、静まり返る境内。その脇から、苔や羊歯《しだ》を鈍く光らせる山道が伸びている。香具山へは、ここからも登れる。

右頁／香具山山頂に置かれた小さな社。向かって左が国常立神を祀る国常立神社。右が水の神を祀る高龗神社。

畝尾都多本神社は、別名「啼沢女神社」。祭神の啼沢女命はイザナギの涙から生まれた神で、ご神体はなんと井戸。

天香山神社を出ると、古代から使われつづけている中ツ道が、現代の舗装された道のすがたで、ためらいもなく真っ直ぐに、伸びている。これをずっと行けば、藤原京を過ぎ、やがて平城京に至るのだ。

道を曲がって、畝尾都多本《うねおつたもと》神社へ。啼沢女《なきさわめ》神社ともいわれている。天武の子であり壬申の乱に功績のあった高《たけ》市皇子《ちのみこ》は、都が藤原京へ移されてから二年後、持統十年（696）に亡くなる。巻二には、柿本人麻呂による挽歌が収められている。長歌だ。「或書」の反歌として次の歌がある。〈泣沢の　神社《もり》に神酒《みわ》据ゑ　祈れども　我が大君《おほきみ》は　高日《たかひ》知らしぬ〉。これは高市皇子の子とも妃ともいわれる檜隈女王《ひのくまのおおきみ》が〈泣沢神社を怨《うら》むる歌なり〉という。高市皇子は死んでしまった。よみがえられてほしい、という祈りが聞きとどけられることはなかった、というわけだ。『古事記』は、伊邪那美命の死を悲しむ伊邪那岐命の涙に、泣沢女神が生まれたと伝える。それは〈香《かぐ》山《やま》の畝尾の木《き》の本《もと》に坐《ま》す、名は泣沢女神〉だと。ここがその社なのか、と驚く。ご神体は、井戸。地面はうっすらと苔の緑に覆われている。湿った場所。昼間でも薄暗い。

大和三山、最後となる三つめの山は耳成山。一三九・六メートル。耳成山国有林、と書かれた看板を読む。「もとはもっと高い山でしたが、盆地の陥没で沈下し、

ようやく最後の耳成山へ。登山道は、山の中腹にある耳成山口神社の参道でもある。

山の頭部が地上に残された単調な円錐形で、人の顔にたとえれば耳が無いような山なので、耳無山→耳成山と呼ばれるようになったとも言われています」。畝傍山の頂上から見えた山容を思い出す。耳のない顔という感じはしなかった。この山は、男なのか、それとも女なのか。山道に、小さな赤い実がぱらぱらと落ちている。

登っていくと、途中に耳成山口神社がある。高皇産霊《たかみむすびの》大神《おおかみ》と大山祇大神《おおやまつみのおおかみ》を祀る。社の脇から、さらに山道はつづく。複雑に伸びた木の根が天然の階段を作っている。瞬間、天然の階段が、人工の石段にすり替わる。するともう山頂だ。十五分かからない登山。

耳成山の山頂は眺望がきかない。いっぱいに繁る緑には隙間がなく、ここからは香具山も畝傍山も見えない。でも、それで構わない。大和三山、これで三つとも登ったのだという感慨がふつふつと湧いてくる。いずれも低い山だけれど、登り終えれば、うれしい。登ってみてはじめてわかったことだが、三つの山はそれぞれ、山道の感じも、山頂の雰囲気も、まったく異なる。こんなにちがうのか、と感じた。

三山をめぐった後、藤原宮跡を訪れた。藤原宮は、大和三山のほぼ中心となる場所に築かれた。飛鳥浄御原宮《あすかきよみはらのみや》から藤原京へ遷都がおこなわれたのは、持統八年（６９４）のことだ。長安や洛陽などの中国の都にならって計画さ

右／耳成山は藤原宮の北方を鎮護する役目をなす山でもあった。その耳成山の八合目あたりに鎮座するのが耳成山口神社。
左／ほかのふたつの山と違い、耳成山の山頂からは木々に囲まれて何も見えず。無造作に枝に括られた標高を示すプレートだけがやけに目立つ。

れたという、日本ではじめて条坊制を取り入れた都。平城京遷都までの十六年間、都が置かれた。その中心は、大極殿、内裏、朝堂院のあったこの場所だ。大極殿の跡に、いまは木々がうずくまる。

巻一の五二の歌は、〈藤原宮の御井《みゐ》の歌〉。新しい宮殿を讃える歌。藤原宮と香具山のあいだにあったとされる埴安の池のほとりに立った持統天皇が、まわりの山々を眺めるという歌だ。作者の名は記されていない。〈大和の　青香具山は　日の経《たて》の　大き御門《みかど》に　春山と　しみさび立てり〉と歌われる香具山。〈畝傍の　この瑞山《みづやま》は　日の緯《よこ》の　大き御門に　瑞山と　山さびいます〉と歌われる畝傍山。〈耳梨の　青菅山《あをすがやま》は　背面《そとも》の　大き御門に　宜《よろ》しなへ　神《かむ》さび立てり〉と歌われる耳成山。藤原宮跡に立つと、三山が見わたせる。東に香具山、西に畝傍山、そして北には耳成山。ここに立てば、この位置、この配置が大事だったのだとわかる。

風がまともに吹きつける。ここはいまでは、ぽっかりとひろい野原だ。ただ山々の位置だけが「御井の歌」に歌われた通りで、遠い昔と変わらない。一日でぜんぶ登ったんだ、と三山を眺める。なにもかも消えたように見えて、けれど、変わらないものもある。山のすがたは、目のなかで新しくなる。

平城京遷都千三百年の2010年2月に

山を巡り終え、最後に大和三山すべてを見渡せる
藤原宮跡を訪れた蜂飼さん。目の前に広がるのは
かつて壮麗な建物があったはずの野原だ。

万葉びとという生き方

馬場基（121頁までの現代語訳も）

［絵］野田あい

いまも昔も人のこころは変わらない——。

あんなこともこんなことも歌ってます。

仕事に、遊びに、恋に生きる、万葉びとの暮らしとは？

平城京や藤原京で出土した、当時の暮らしぶりを伝える木簡をあわせてお見せしつつ、解説します。

官吏の全身像と『文選』の文言が墨で書かれた長さ約60センチの檜の木簡「楼閣山水図」。名称は反対の面に描かれた絵柄にちなむ。736〜738年頃、藤原麻呂邸門前跡より出土。奈良文化財研究所蔵

東《ひむがし》の
市の植木の
木垂《こだ》るまで
逢はず久しみ
うべ恋ひにけり

東市の木の枝が垂れ下がってしまうほど
長いこと逢っていない。恋しくなったって
仕方ないよなあ。

門部王《かどべのおほきみ》 巻三の三一〇

白雪の
降り敷く山を
越え行《ゆ》かむ
君をそもとな
息の緒《を》に思ふ

但馬国《たじまのくに》までの山道には、白雪が降り敷いているころでしょう。そんな雪の山道を越えて行こうとする奈良麻呂様を、とても大切な方だと思っています。

大伴家持 巻十九の四二八一

宴の場は、歌が多く生まれる場であった。主催者が客に挨拶する歌もあれば、客達が宴会を讃える歌もある。宴たけなわともなれば、お題が出されることもある。人々は、頭をしぼって一首ひねりだす。宴会で気の利いた歌を披露することは、万葉びとの素養であった。もっとも、せっかく一首できたのに披露前にお開き、という悲劇もあったようだが。

歌を品評することもあった。掲出した歌は橘奈良麻呂の送別会で大伴家持が詠んだ歌だが、家持が披露した際に、奈良麻呂の父で時の権力者であった橘諸兄《もろえ》が、結句の「息の緒に思ふ」を「息の緒にする」に変えたほうがよいと意見したというエピソードが伝わる。

万葉びとは懐に歌を用意して宴会に臨み、時に酒を飲みながらも必死でことばを選んでいたらしい。

2008年に京都府木津川市の馬場南遺跡から発掘された歌木簡。〈阿支波支乃之多波毛美智〉とあり、『万葉集』に収められた〈秋萩の　下葉もみちぬ　あらたまの　月の経ぬれば　風を疾みかも〉(巻十の二二〇五)にあたる可能性が指摘されている。歌会などで使用されたものか。京都府埋蔵文化財調査研究センター蔵

歌と酒と陰謀と

冬の熱燗や、夏の冷酒は実にうまいが、ぬるみかけた春風の中で飲む酒もまた格別である。ましてや、酒杯に花びらが舞い降りたら、春の味がとけ込んだ絶品になるだろう。酒の席では、蓮の葉を食器に使う。長屋王邸では、さかんに蓮の葉を調達していたことが、出土した木簡から知られる。『万葉集』では、長忌寸意《ながのいみきお》吉麻呂《きまろ》が、自分の家は貧乏なので蓮の葉でなく里芋の葉だ、と嘆いている。器にもちょっとしたこだわりがあったのだろう。

『魏志倭人伝』の昔から、日本人は酒好きであった。神祭りはいうまでもなく、朝廷の公式行事にも宴会はつきものだ。役所単位での宴会もあった。ただ、こうした公式の宴会が堅苦しい場であったことは、今日の宴会からも想像できる。

一方、酒の場での話題が政治に及ぶと、政変の影が見え隠れし始める。だから、禁酒令も繰り返し出された。この歌は、禁酒令の例外として認められたごく内輪の宴で詠われた歌である。

酒の場といえど、言動を慎まないと万葉時代は生き抜けなかった。だから、ごく親しい人だけの、梅の花にくつろげるような席での酒は、まさに美酒だったろう。

酒坏《さかづき》に
梅の花浮かべ
思ふどち
飲みての後《のち》は
散りぬともよし

盃に梅の花を浮かべて、気の合う仲間で飲む。これ以上の楽しみはないんじゃないかしら。だから、あとは花が散っても構わないわ。

大伴坂上郎女《おほとものさかのうへのいらつめ》 巻八の一六五六

大喜利はつづくよ

醤《ひしほ》酢《す》に
蒜《ひる》搗《つ》き合《か》てて
鯛願ふ
我《われ》にな見えそ
水葱《なぎ》の羹《あつもの》

私は、酢醤油に、潰した蒜を薬味で混ぜて鯛が食べたいのだ。水葱（ミズアオイ）の汁なんて、見たくもない。

長忌寸《ながのいみき》意吉麻呂《おきまろ》 巻十六の三八二九

長忌寸意吉麻呂という人物は、『万葉集』でしか知られない。彼の作品は、気宇壮大な叙事詩とか情感に溢れる叙情詩ではなく、機知に富んだ、いかにも都会的なものが多い。そんな中に、宴席での「お題」に応えた、まるで大喜利みたいな歌が、八首ほどある。

この歌もその一つ。「お題」は、「酢・醤・蒜・鯛・水葱を入れて歌を詠め」。

このお題にこの歌、はてさて、どこが面白いのだろう。だが、万葉びとには、ウケたらしいのだ。

大喜利がウケるには、「お約束」が必要だろう。常識や場面を共有しているからこそ、面白い。『万葉集』で笑うためには、万葉の宴席に身を置いたつもりで、今私たちが知らない万葉びとの「感覚」や「お約束」を想像しなければならない。「我」を強調。希望する「鯛」と見たくない「水葱」。つまり鯛は無くて、水葱はある。思いの中心は意吉麻呂その人。よし、ならばこれでどうだ。

意吉麻呂は、実は水葱嫌い。宴たけなわ、お題が出たちょうどそのとき、運ばれてきた料理が水葱の羹。歌をひねっていた意吉麻呂、運ばれてきた羹を見るや、絶望の表情とともに、この歌を、絞り出すように詠みあげた。

香塗れる
塔にな寄りそ
川隈《かはくま》の
屎鮒《くそぶな》食《は》める
いたき女奴《めやつこ》

お香を塗った塔には近寄るなよ。川隈の屎鮒など食っている、どうしようもない女奴め。

長忌寸意吉麻呂 ❁ 巻十六の三八二八

今回のお題は、「香・塔・厠・屎・鮒・奴を入れて歌を詠め」というもの。

よく見ると、「厠」がなく、「川隈」になっている。かわや＝川屋という言葉通りの、川端で用を足す光景が、都の周辺にままあったらしい。

さて、人糞は栄養に富む。川端のトイレ付近は、水中や土壌の栄養価が高く、餌となる生物も豊富。そこは、鮒が密集する、鮒養魚場みたいな場所だったのだろう。だから、川隈に続く言葉が「屎鮒」なのも、自然な流れである。

そして、「奴」が「女奴」に化けた理由としては、こんな場面を想定してはどうだろう。

歌が詠まれた宴席に侍る女性の一人は、鮒が大好物で有名。貴公子の前だからと美しく着飾ってたおやかにふるまっても、何せ生臭好きだからねえ、と彼女をからかう。本人は「え、私のこと？」と赤面して隠れてしまう一方、会場は大爆笑。

さて、長忌寸意吉麻呂は『万葉集』以外に登場しない、と書いた。ただ、もしかしたら彼かも知れない名前が、藤原宮出土木簡に登場する。「長忌」、二文字分木が傷んで読めない下に「末呂」。

思わせぶりでありながら、はっきりさせない意地悪さ。そんなところも、意吉麻呂らしいのかもしれない。

藤原宮跡より出土した木簡の右下には「長忌□□末呂」の文字が見える。軽妙な歌ばかりを詠んだ長忌寸意吉麻呂を指すのだろうか？　奈良文化財研究所蔵（写真提供も）

万葉歌人はなかなか活動的だ。連れだって出かけて、野遊びに興ずることもしばしばだった。壺に入れた酒を持っていくことも忘れていない。郊外に出かけて遊び、酒を酌み交わしながら歌を詠み合う、というのは、唐・長安の貴公子たちの振る舞いによく似ている。

平城京の貴公子達の遊び場となったのは、平城京東郊の春日野や高円《たかまど》である。現在、飛火野《とぶひの》や浅茅ヶ原と呼ばれるあたりから南東側の一帯と考えられる。聖武天皇の離宮もあったようで、平城京周辺随一の行楽地であった。

『続日本紀《しょくにほんぎ》』によれば、天平2年（730）ごろ、この飛火野周辺に、少ない日でも数千人、多い日は万に及ぶという群衆が集会した。行基の教えを聞きに来た庶民と考えられている。

梅をかざして集う優雅な大宮人と、行基に救いを求める人々と。どちらも平城京の顔ぶれである。

ももしきの
大宮人《おほみやひと》は
暇《いとま》あれや
梅をかざして
ここに集《つど》へる

官人たちは宮仕えで忙しいはずなのに、暇なのかなあ。梅を髪に挿して、こうやって遊びに集まっている。

作者未詳　巻十の一八八三

大宮人のアウトドア

梅柳
過ぐらく惜しみ
佐保の内に
遊びしことを
宮もとどろに

梅や柳の見頃が過ぎるのが惜しくて、すぐ近くの佐保で遊んでただけなのに。宮廷中で大騒ぎして、とがめ立てをするなんて、ねぇ。

作者未詳 巻六の九四九

優雅な大宮人も、一面ではサラリーマンだった。この歌は、次のような逸話と共に、『万葉集』に収められている。

神亀4年（727）の春のことである。皇子達をはじめ、若い盛りの貴公子達は春日野で打毬《うちまり》を楽しんでいた。ところが一天にわかにかき曇り、雷雨となった。雷が鳴ったら、大宮人達は直ちに天皇を警護しなければならない。ところがみんな春日野に遊びに行ってしまったものだから、宮中は空っぽ。大問題となって天皇の怒りにふれ、貴公子達は逮捕・拘禁されてしまった。

春雷、つまり寒冷前線の通過後は寒さがぶり返す。逮捕された身には、ぽかぽか陽気の春日野での楽しさの反動もあり、さぞ寒く感じられたことであろう。「見頃が過ぎるのが惜しくて」「宮廷中で大騒ぎして」などというあたり、後悔とも言い訳とも、あるいは「不粋だなあ」という愚痴ともつかぬものを感じてしまう。

男も女も人生いろいろ

しゃれっ気の効いた、なんとも小気味の良い啖呵だ。大伴坂上郎女、さすがは武門と歌で名高い大伴氏の女性である。こう言われたら、相手の男も降参だろう。

一方、言われた男もただものではない。藤原麻呂という。藤原不比等の四男、つまり中臣鎌足の孫で、聖武天皇の皇后・光明子《こうみょうし》の兄である。天皇は立派だし、兄貴達は優秀だから、僕の出る幕はないよ、とすねた漢詩を残しているが、どうして、当時フロンティアだった東北多賀城まで出向いて出羽連絡路建設に見事な采配を振るなど、勇猛な一面を持つ。しかも、〈娘子《をとめ》らが　玉櫛笥《たまくしげ》なる　玉櫛の　神さびけむも　妹に逢はずあれば〉（巻四の五二二）など、『万葉集』に収められた坂上郎女との8首の相聞歌からは、なかなかの風流子だったこともわかる。

そんな彼も、この歌のやりとりからほど遠くない天平9年（737）、猛威をふるう天然痘にかかり死去する。屋敷の隣からは、天然痘退散のまじない札も見つかっている。

来むと言ふも
来ぬ時あるを
来じと言ふを
来むとは待たじ
来じと言ふものを

逢いに行くよといっても来ないことがあるのに、逢いに行かないっていってるんだから、もしや来るかもなんて思って待ってあげたりするもんですか。だって、来ないっていうんだから。

大伴坂上郎女 ❁ 巻四の五二七

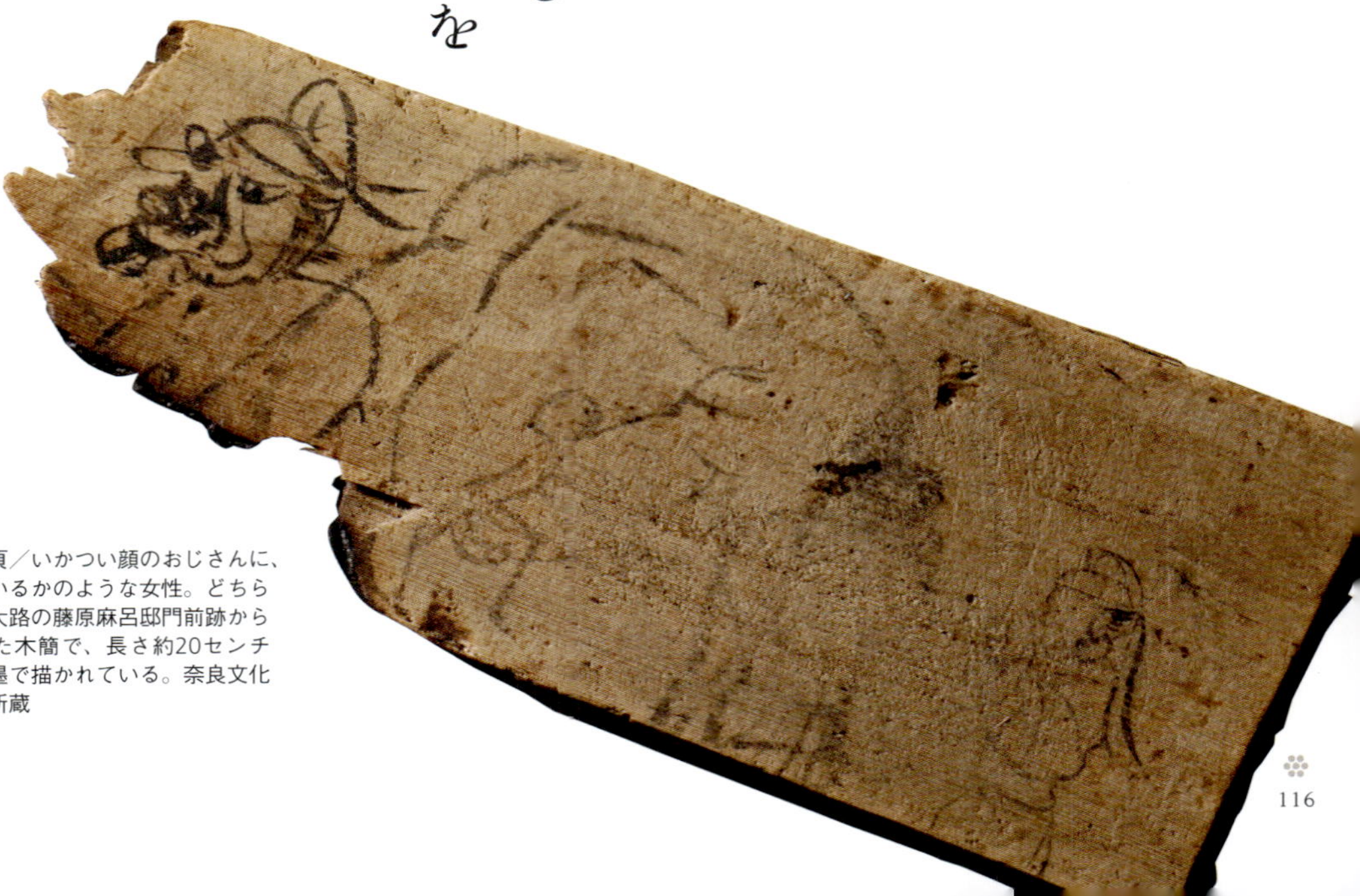

右・左頁／いかつい顔のおじさんに、踊っているかのような女性。どちらも二条大路の藤原麻呂邸門前跡から出土した木簡で、長さ約20センチの檜に墨で描かれている。奈良文化財研究所蔵

安積山《あさかやま》
影さへ見ゆる
山の井の
浅き心を
我が思はなくに

安積山の姿をすっきりと映す澄んだ山の井。その井は浅いけれど、私があなたを思う心は、そんな浅いものではありませんよ。

前采女《さきのうねめ》　巻十六の三八〇七

葛城王《かずらきのおおきみ》（後の橘諸兄）が陸奥国に派遣された時のことである。歓迎の宴会で、事件は起きた。国司たちの接待が今ひとつだったようで、王は至って不機嫌、明らかに怒りかけている。食べ物にも手を付けないし、酒も飲まない。宴席は凍りついた。そこに、一人の女性が進み出る。彼女は元采女《うねめ》であった。

　天皇や皇后の側近く仕えるために各地から集められた美貌の女性、それが采女である。宮廷生活で教養も身につき、立ち居振る舞いも洗練される。彼女たちは宮廷の華、貴賤のあこがれの的であった。勤めを終え、国元へ帰った彼女たちは、都の雅を全国に広める役割を果たした。

　さて、葛城王の前に進み出た元采女が左手に杯をもって、ぽんと王の膝をたたいて詠んだといわれるのがこの歌である。王はその優雅な振る舞いにたちまち機嫌を直し、宴会を大いに楽しんだ、という。陸奥国の危機は、一人の風流な女性によって回避された。

　なお、陸奥国を救ったこの歌は、古今集の仮名序では難波津の歌とならぶ和歌の元祖とされている。

宮仕えも大変です

このころの
我《あ》が恋力《こひぢから》
記し集め
功《くう》に申さば
五位の冠《かがふり》

近頃の私の恋にかけるエネルギーときたら、すごいよ。仕事だったら、その功績で五位に昇進できるくらいだよ。

作者未詳 ❁ 巻十六の三八五八

芥川龍之介の小説「芋粥」では、主人公の「五位」は大層みすぼらしい。だが、奈良時代の五位は大層偉い。

奈良時代の役人は、身分（位）に応じて役職（官）につく。役人にとって、まず大事なのが位で、奈良時代の場合正一位から少初位下まで三十階ある。このうち、三位《さんみ》以上は「貴《き》」、五位以上は「通貴《つうき》」と呼ばれる。彼等こそが、奈良時代の貴族である。

位は、毎年の勤務評定によって上がる。役職や時代によっても異なるが、昇進のチャンスは、4〜8年に1度やってくる。ただ、勤務評定によって機械的に昇進できるのは六位までで、五位以上に昇進できるのは、基本的には貴族の子弟達だけであった。奈良時代の役人の圧倒的多数を占める、六位以下の下級官人達は、生涯かけても五位に昇進することは、まずない。

毎日、まじめに働いて勤め上げても五位には、つまり貴族にはなれない。そんな、下級役人の日々の思いが、この歌には詰まっている。

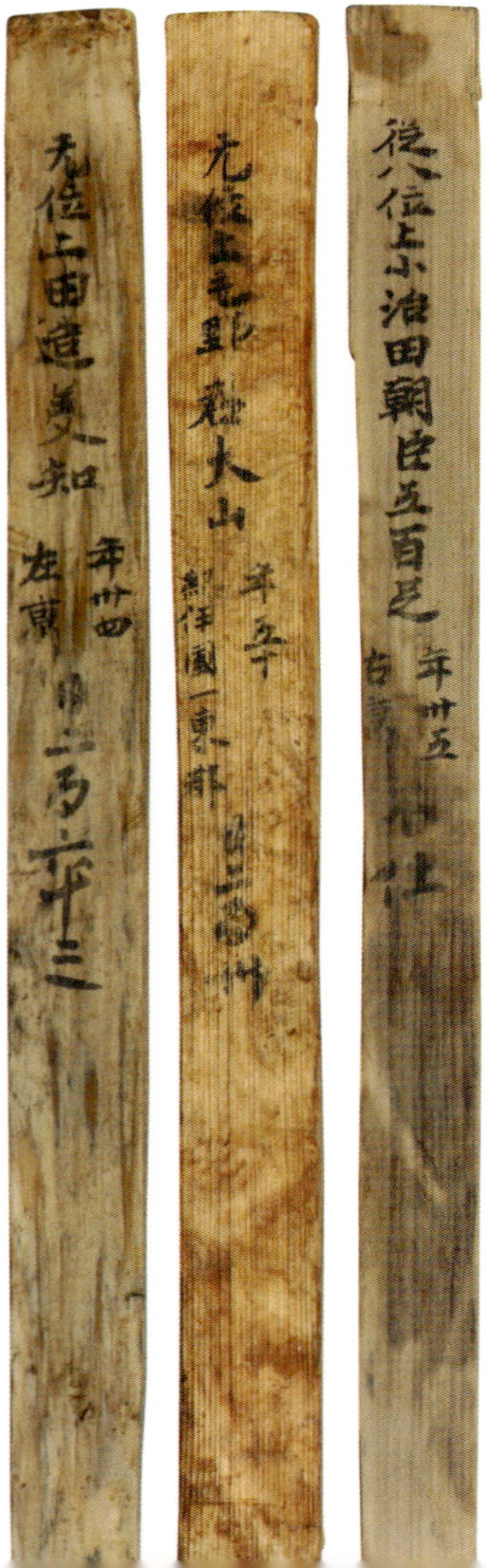

役人の人事評価が、位階、姓名、年齢、本籍地とともに書かれた〝考選〟の木簡。情報管理のツールとして使用されていた。奈良文化財研究所蔵

日本の宮廷には、宦官がいない。かわりに女官達が宮廷の実務を取り仕切っている。

ご多分に漏れず、日本の古代でも歴史の表に出てくるのは大抵男性である。しかし、女性の力も非常に大きかった。女帝も多いし、藤原不比等が大きな力を持った背景には県《あがた》犬養三千代という女性がいたことも有名だ。なかなか見えにくいのだが、日本古代国家の中枢には女性達の姿がある。天皇や皇族達との関係が密接だったからだろう、女性の方が家柄に縛られず出世しやすかったらしい。持統天皇に仕えた志斐《しひの》嫗《おみな》もそんな天皇の身近に侍る女性のひとりだった。

持統天皇は、賢く果断な女帝として知られる。しかし、彼女とて疲れる時もあっただろう。男達には見せられないくつろいだ姿も、幼少から身近に物語を聞かせてくれた志斐嫗には、時に見せたのではないか、と思う。

否《いな》と言へど
強《し》ふる志斐《しひ》のが
強ひ語り
このころ聞かずて
朕《あれ》恋ひにけり

志斐おばばには、いやだと言っても、
無理矢理はなしを聞かせられたけれど、
そういえば最近は聞いていないなあ。
久々に聞いてみたいものだねえ。

持統天皇が ✿ 巻三の二三六

時守《ときもり》が打ち鳴《な》す鼓 数《よ》みみれば 時にはなりぬ 逢はなくも怪し

作者未詳 巻十一の二六四一

時守が、時刻を知らせる太鼓をたたく。今何時だろうと、太鼓の数を数える。もう約束の時間になっている。なのに、なんであの人は来てくれないんだろう。

平城宮内には、時計があった。水時計で、専門のスタッフが時計を管理し、時刻を告げる太鼓や鉦《かね》を鳴らしていた。打ち鳴らす数で、時刻がわかる。

役人達はこの時計に従って出勤し、勤務した。平城宮の門が開くのも時間で決まっていたし（午前5時半～8時頃）、市場の営業時間も決まっていた。平城京という都市は、太鼓や鉦の告げる時刻によって支配されていた。

時間に縛られた平城京の恋人たちは、デートの待ち合わせも時を告げる太鼓で決めた。さらに、当時の法律では平城京内は午後5時～7時頃以降は外出禁止で、警備部隊に見つかれば逮捕されてしまう。時間を忘れたい熱愛中の恋人同士の逢瀬に、時計は一見不粋である。だが、太鼓で区切られた時間があるから、約束の刻が過ぎれば焦燥感が募る。法を犯しての逢瀬に、いよいよ燃え上がるのである。

中国・唐代の漏刻にならった水時計。箭（や）を浮かべた下段の受水槽に、ひとつ上の給水槽からサイフォンと同じ原理で管を通って水が流れる。水面が上昇するにつれて人形が持つ箭も上がり、人形が指差す目盛りで時をはかる仕組み。上3つの給水槽は水圧を一定に保つためのもので、最上部から手作業で水を補う。

最先端の人工都市

春の日に
萌《は》れる柳を
取り持ちて
見れば都の
大路《おほち》し思ほゆ

春の日に、芽吹いた柳を手にとってみているとき、都の大路が思い出されるなあ。

大伴家持 ❀ 巻十九の四一四二

いつの頃からか柳で連想するのは幽霊になってしまったが、奈良時代は柳から連想されるのは華やかな都大路であった。

平城京は、碁盤目状に街路が張り巡らされていた。メインストリート・朱雀大路は路面幅約74メートル、その外側の控えの部分も入れると幅90メートルに及ぶ。恐ろしく巨大な、古代国家の威信をかけた人工空間であった。都から各地に赴任した人々は、この歌のように優越感を込めながら、都を誇らしく懐かしむ。

こうした街路には、街路樹が植えられていた。『万葉歌』では柳が有名だが、出土木簡からは槐《えんじゅ》も植わっていたことがわかる。どちらも唐・長安城の街路を飾っていた木々である。平城京の作りは、よろず唐の長安城を模している。それが流行だったたし、国家戦略であった。

しかし天皇や貴族達の居室の床は板張りだった。唐風にするなら土間になったはずだが、なにもかも異国風では落ち着かなかったのかもしれない。

奈良は遠きにありて思うもの

大宰府万葉のこころ

上野誠

梅の花を見るなら、どんな日がよいか。それは、天気が良くて、風和らぐ日に決まっている。それも、今日は、初春すなわち「はつはる」で、令月すなわち一年のうちでもおめでたい月ではないか。以上が、「令和」の出典となった『万葉集』巻五の梅花の宴の序文の骨子である。書き下し文を書くとこうなる。

時は、初春《しよしゆん》の令月《れいげつ》にして、気淑《よ》く風和《やはら》ぎ、梅は鏡前《きやうぜん》の粉《ふん》を披《ひら》きて、蘭《らん》は珮後《ばいご》の香《かう》を薫《かを》らしたり。

巻五の八一五～八四六序文

その花の白さといったら鏡の前の白粉《おしろい》のよう。その薫りといったらまるで「におい袋」のようと梅見の日を讃えているのである。

この文章は、王羲《おうぎ》之《し》の「蘭亭《らんてい》の序」などの中国の名文を踏まえて書かれたものである。古典の文章というものは、過去の名文を踏まえて書くものだったのである。こういった文章が書けるということは、当時としては、まさしく文明に生きる者の証であった。

序文の作者については、さまざまな憶測があるけれども、わからない。しかし、大切なことは、九州大宰府の地に多くの文人たちが集って、中国の詩文を踏まえて、俺たちは俺たちのスタイルで、〈漢文序文＋日本の歌（＝和歌）〉という新しい文学を作ろう、とした点にある。

では、彼らの文学の特徴はどんなところにあったのだろうか。以下、考えてみたい。一つは、官人

左頁／福岡県太宰府市の大宰府政庁跡。左上の十字路そばのこんもりした森は大伴旅人の旧居跡とも言われる坂本八幡宮。
写真：読売新聞／アフロ

すなわち役人の文学であるということだ。

我《あ》が主《ぬし》の　御《み》霊《たま》賜《たま》ひて　春さらば　奈良の都に　召上《めさ》げたまはね

山上憶良《やまのうえのおくら》　巻五の八八二

大伴旅人《おおとものたびと》さん、あなたは今度、栄転して大納言になるのでございましょ。だったら、コネで私を都に戻してくださいよ、と山上憶良は歌う。もちろん、それを皆の前で歌うのだから、楽しい笑い歌だったはずである。

次に、大宰府の文学は、友と酒の文学ということができる。人生のなかで、いちばんの喜びは何か。それは気の合った仲間たちとの酒宴ではないか――。それこそ、冒頭において見た梅花宴序の思想なのである。

君がため　醸《か》みし待ち酒　安《やす》の野に　ひとりや飲まむ　友なしにして

大伴旅人　巻四の五五五

お前さんがいなくなったら、俺はひとりで寂しく酒を飲むことになるのかい、と大伴旅人は歌った。次に、大宰府の文学の特徴を挙げるとすれば、実存主義的思考の文学ということであろう。生きることこそが、第一の思想であり、それも「あるがまま」の自分を大切にしようという思想である。

生ける者　遂《つひ》にも死ぬる　ものにあれば　この世にある間《ま》は　楽しくをあらな

大伴旅人　巻三の三四九

人間というものは、どうせ死ぬんだよ。だったら、楽しまなきゃあ……という歌である。こういった哲学の背景には、中国の六朝思想の影響が大きいのだが、一方で、仏教の影響もあってのことである。人生は有限で、「無常」である。だから、どう生きるかを問うのである。つまり、生き方を問う文学なのだ。

世の中を　何に喩《たと》へむ　朝開《あさびら》き　漕《こ》ぎ去《い》にし船の　跡なきごとし

沙弥満誓《さみまんぜい》　巻三の三五一

人生というものを何に喩えようか。朝、港から船が出てゆくとしよう。今、私たちはその船を見ているが、その船は去ってゆく。去ってゆく時には、波が残るが、その波もやがては消えてなくなる。つまり、人生で残るものなどなにもないのだよ、という人生観がここにあるのだ。

最後にもう一つ、大宰府の文学の特徴を挙げるとすれば、それは望郷と別れの文学であるということだろう。大宰府の文学の担い手たちは、その多くが、都に妻子や友人を残して来た単身赴任者であった。だから、九州大宰府から遠く都・平城京を思う望郷の心が、作品の全体を覆っているのである。意外に思われる読者も多いかもしれないが、この歌も大宰府で読まれた歌なのである。

あをによし　奈良の都は　咲く花の　薫《にほ》ふがごとく　今盛りなり

小野老《をののおゆ》　巻三の三二八

平城京からやって来た新着任の小野老は、こう歌った。都を離れて、当地大宰府にやって来たご同輩の皆さん、ご安心下さい。皆さんの妻子のいる奈良の都は、咲く花が照り輝くように、今が真っ盛りであります、心配ご無用、と。しかし、それでも、故郷が恋しいのだ。恋しいから、美化して描くのだ。

大陸との交流の玄関口であった大宰府。その大宰府に赴任した役人たちは、遠く中国にあこがれの気持ちを抱きつつ、故郷である奈良の都を思った人びとであったのだ。私は、以上のような諸点に、大宰府の文学の特性というものを認めるのだが——。

◆主要参考文献

- 小島憲之＋木下正俊＋東野治之校注・訳『萬葉集』全4冊
  新編日本古典文学全集　小学館　1994〜96年
- 青木生子＋井手至＋伊藤博＋清水克彦＋橋本四郎校注『萬葉集』全5冊
  新潮日本古典集成　新潮社　1976〜84年
- 青木和夫＋稲岡耕二＋笹山晴生＋白藤禮幸校注『続日本紀』全5冊
  新日本古典文学大系　岩波書店　1989〜98年
- 小沢正夫＋松田成穂校注・訳『古今和歌集』　新編日本古典文学全集　小学館　1994年
- 坪井清足＋奈良国立文化財研究所監修『平城京再現』　とんぼの本　新潮社　1985年
- 『新潮古典文学アルバム2　万葉集』　新潮社　1990年
- 山本健吉『万葉大和を行く』　河出文庫　1990年
- 猪股静彌・文／川本武司・写真『万葉風土記（1）大和編』　偕成社　1990年
- 「なら平城京展'98」図録　奈良国立文化財研究所　1998年
- 櫻井満監修／尾崎富義＋菊地義裕＋伊藤高雄『万葉集を知る事典』　東京堂出版　2000年
- 上野誠『万葉びとの生活空間─歌・庭園・くらし─』　はなわ新書　2000年
- 「奈良文化財研究所創立50周年記念　飛鳥・藤原京展─古代律令国家の創造─」図録
  朝日新聞社　2002年
- 犬養孝『改訂新版　万葉の旅　上　大和』　平凡社ライブラリー　2003年
- 上野誠『万葉体感紀行　飛鳥・藤原・平城の三都物語』　小学館　2004年　★1
- 堀内民一『大和万葉旅行』　講談社学術文庫　2006年
- 上野誠『大和三山の古代』　講談社現代新書　2008年
- 馬場基『平城京に暮らす　天平びとの泣き笑い』　歴史文化ライブラリー　吉川弘文館　2010年
- 上野誠『万葉びとの奈良』　新潮選書　2010年　★2

★1

★2

『万葉集』を片手に奈良あるきをするならば、上野氏の著書であるこちらの二冊もおススメ。

◆撮影

筒口直弘（新潮社写真部）　p4-9, p14, p16,18-22, p25, p27-28,
p30①⑤⑧, p31⑱⑲㉕㉖, p33-35, p40-45, p47, p51-53, p55, p57, p58,
p60①①, p61, p64-65, p67, p68-70, p73-75, p82①⑤⑥, p83⑬⑮,
p85, p90-91, p93-108, p110, p116-118, p126, p128
広瀬達郎（新潮社写真部）　p83⑫⑭
野中昭夫（新潮社写真部）　p48, p77
松藤庄平（新潮社写真部）　p83⑪
編集部　p30③⑦, p31⑪⑫⑳, p60⑤, p82⑨

◆協力

奈良県文化観光局ならの魅力創造課
奈良文化財研究所
奈良県立万葉文化館

本書は「芸術新潮」2010年4月号特集「万葉集であるく奈良」を増補・再編集したものです。

本書の『万葉集』読み下し文は、原則として、小学館発行の新編日本古典文学全集に拠った。
また、読み下し文に付した歌番号は『国歌大観』に準拠した。
ただし、上野誠「奈良は遠きにありて思うもの　大宰府万葉のこころ」の読み下し文については、
筆者の私意により改めたところがある。

◈ブックデザイン
大野リサ

◈地図製作
atelier PLAN

◈シンボルマーク
nakaban

とんぼの本

万葉集《まんようしゅう》であるく奈《な》良《ら》

発行　2019年10月30日

著者　上野《うえの》誠《まこと》　蜂飼《はちかい》耳《みみ》　馬場《ばば》基《はじめ》
発行者　佐藤隆信
発行所　株式会社新潮社
住所　〒162-8711 東京都新宿区矢来町71
電話　編集部 03-3266-5611
読者係 03-3266-5111
ホームページ　https://www.shinchosha.co.jp/tonbo/
印刷所　大日本印刷株式会社
製本所　加藤製本株式会社
カバー印刷所　錦明印刷株式会社

ISBN978-4-10-602290-6 C0326